主编 凌翔

当代著名作家美文自选集

在最深的红尘里相逢

周晓丹 著

民主与建设出版社
·北京·

© 民主与建设出版社，2020

图书在版编目 (CIP) 数据

在最深的红尘里相逢 / 周晓丹著 . —北京：民主与建设出版社，2020.2
 ISBN 978-7-5139-2936-3

Ⅰ.①在… Ⅱ.①周… Ⅲ.①散文集—中国—当代 Ⅳ.① I267

中国版本图书馆 CIP 数据核字（2020）第 033541 号

在最深的红尘里相逢
ZAI ZUISHENDE HONGCHENLI XIANGFENG

著　　者	周晓丹
责任编辑	周佩芳
封面设计	陈　姝
出版发行	民主与建设出版社有限责任公司
电　　话	（010）59417747　59419778
社　　址	北京市海淀区西三环中路 10 号望海楼 E 座 7 层
邮　　编	100142
印　　刷	唐山楠萍印务有限公司
版　　次	2020 年 7 月第 1 版
印　　次	2020 年 7 月第 1 次印刷
开　　本	710 毫米 × 1000 毫米　1/16
印　　张	13
字　　数	200 千字
书　　号	ISBN 978-7-5139-2936-3
定　　价	49.80 元

注：如有印、装质量问题，请与出版社联系。

目 录

第一辑　人间有味是清欢

　　春风十里，不如你　002
　　倾我所有，许你一世温柔　005
　　满城风絮，情深几许　008
　　就让时光不说话，往事开成花　011
　　五月，邂逅更好的自己　014
　　信手辞春，浅夏茵茵　017
　　青春，渐行渐远无息　020
　　秋思，且听风吟　023
　　关于雪，那些美了千年的诗句　026
　　谁念西风独自凉　030
　　在文字的世界里，修行　032
　　一缕茶香醉流年　035
　　内心安详，何惧岁月荒凉？　037

第二辑　人生自是有情痴

　　纸短情长，言浅爱深　042
　　我想陪你安静地老去　046
　　见与不见，都在心间　049
　　人生难得一知己，不负韶华不负卿　053
　　许一场一见如故，眉目成书　056

01

听，风带来爱的消息　059
遇见你，心生欢喜　062
若，人生只如初见　064
因为懂得，所以慈悲　067
愿有岁月可回首，人生步步向前走　069
愿时光，温柔以待　072
时光缱绻，岁月生香　075
情人节，那些美到骨子里的情话　078

第三辑　相思，莫相负

当爱已成往事　082
相濡以沫，不如相忘于江湖　085
婚姻，是一场修行　088
浅浅喜，深深爱　091
陌上花，相思扣　094
晚来天欲雪，能饮一杯无？　096
我喜欢你是寂静的　099
一别，便是一生　102
一念秋风起，一念相思长　106
有一种孤独叫作：我没有很想你　109
愿你风尘仆仆，深情不被辜负　112

第四辑　在薄情的世界里，深情的活着

看取莲花净，莲心不染尘　116

静而不争，一切随缘　118

生如夏花，不舍爱与自由　121

沉默是一种修行，无言是一种境界　124

花开花落，不悲不喜　127

彼岸花开，煮一壶云水禅心　130

人生的三重境界：见自己，见天地，见众生　133

爱自己，是终身浪漫的开始　137

人生本无常，心安即归处　141

留白，是一种高级的生活态度　145

赏心只需两三枝　149

做人，要懂得感恩　152

孤独，一个人的清欢　155

心素如简，人淡如茶　158

道德绑架，有多可怕？　161

第五辑　所有相遇，都是久别重逢

凌霜傲雪，暗香如故　168

每一个不曾起舞的日子，都是对生命的辜负　171

往后余生，只生欢喜不生愁　176

历经曲折，她终于活成了自己喜欢的样子 180
愿月可有岁回首，且以温暖度此生 184
上善如水，厚德载物 189
张爱玲：不爱是一生的遗憾，爱是一生的磨难 193
沈从文：一生痴恋，
爱上一个不懂你的人是怎样的遗憾？ 198

第一辑　人间有味是清欢

春风十里，不如你

二月，行走在日渐温暖的时光里，仿佛看到一个崭新的自己，在百花丛里微笑。

一直喜欢二月。一只手送走了严寒，一只手迎来了温暖。

新年刚过，一月还太过寒冷，二月，一切都是刚刚好的样子。

温度刚刚好，春光不急不躁。春风吹醒了冰封的河流，河水开始缓缓流淌。春雨滋润了大地，干涸的土地尽情吮吸大自然的甘露。

春日里的阳光，抚摸着干枯的枝丫。枯藤蓄势待发，抽出新绿的芽。只待三月一到，开出吐蕊的花。

二月里，一切都欣欣然的张开怀抱，迎接春回大地的美好。

二月，是新旧季节的交替点。一些旧事物，一些陈年往事，一些发霉的心情，随着冰雪一一消融。

所有美好的希望，随着春风一起苏醒。如春草，日渐繁茂。如春花，渐次开放。如春柳，脉脉含情惹人醉。

冯唐说：春水初生，春林初盛，春风十里，不如你。

是啊，春日里河水上涨，林子里树叶茂盛，暖暖的春风，吹来十里柔情。而这一切，都不如你。

这个你，是我爱情世界里的那个你。回眸一笑，便柔软了我的心田。从此，山高水阔，秋水长天，我的心里便只有你。

这个你，也是那个未知的自己。以春风作剪，裁出一片生机盎然的绿意。在一泓苏醒的山泉里，重遇未知的自己。

二月的江南，草长莺飞，杨柳拂堤。春红惹乱了游人们的眼，春风醉了少女的心。

北方的二月，春风来得迟一些。前两天，犹见二月飞雪。漫山遍野，都是皑皑白雪。一夜之间，似梨花落满地。

片片白雪，撒在眉梢，眉宇阵阵清凉。滑落掌心，温暖顷刻融化，绕指流淌。轻灵的雪儿，你是在留恋冬的清冷，还是在期盼春的柔情？

二月春雪，有春的千娇百媚，又有雪的圣洁空灵。春雪，听起来，别有一番韵味。

她没有冬雪那么凛冽，那么气势汹汹。她只是像一个期待爱情的女子，怀着一颗纯洁的心，羞涩地走进了春天的门楣。

每一片雪花，都是她对心心念念的恋人，温柔的试探。自在飞花轻似梦，几度相思几度痴。如果，你读懂了她的心事，一定，一定不要辜负她。

转眼，二月已走到了中旬。还没来得及好好拥抱，时光便已匆匆把人抛。

春光易逝，易逝的何止是春光？连同我们任性的青春，痴痴的爱情，都早已被时光剥落得体无完肤，洒落一地忧伤……

我们无法操控时光，但是我们依然可以选择珍惜岁月，相信爱情，充满希望。眼睛望得见星辰大海，怀里能容纳丘壑万千。

如果岁月深处，一定要忘记。那么，就忘记过去的不堪和遗憾，忘记一路走来的的辛酸和泥泞，忘记那些曾经的伤害和背叛。

　　把过去吹散在二月的春风里，让所有的美好一一解冻。

　　二月，是一场场遇见。遇见爱，遇见温暖，遇见珍惜，遇见希望。

倾我所有，许你一世温柔

　　走进三月，便走进了花开倾城，冉冉生香的最美时光。

　　风是暖暖的，天空是蓝蓝的，白云是悠悠的，阳光是柔柔的。燕子开始北归，奔赴一场春暖花开。

　　小草钻出土壤，揉揉惺忪的睡眼，尽情地呼吸着清新的空气。柳枝抽出嫩绿的芽儿，像是初生的婴儿，蓬勃地生长着。

　　桃花朵朵，渐次开放。一瓣一瓣，闪烁着琉璃的光致。似是娇羞的美人儿，巧笑倩兮，美目盼兮，一颦一笑，顾盼生姿。

　　三月陌上，春草渐生，花开渐浓。浅浅淡淡的风里，有袅袅的花香，柔柔的温情。一抹芳菲，俏丽地绽放在枝头。花香氤氲，笑意盈盈，凝眸处，春意盎然。

　　天街小雨润如酥，草色遥看近却无。草色连波，波上寒烟翠。

　　春光易逝，莫辜负。这样的时光，适合去踏春。无需装点行囊，也无需期待远方。约上一二知己，三五好友，携着诗意的心情，去郊外，去公园，去田野……放飞自我，愉悦心情。

如果一个人踏青，也是极好的。放下手中的工作，抛开心中的烦闷，信步前行。去赏花，听每一瓣花开的喜悦。累了，就停下。静坐凝眸，或冥想，或发呆，醉倒在这春风迤逦的时光里。

想起唐朝诗人刘方平的《春怨》：寂寞空庭春欲晚，梨花满地不开门。纱窗之外，夕阳西下，黄昏渐渐来临。一人独处，临窗而立，满面挂着泪痕。寂寞幽深，庭院春天将尽，梨花满地，院门紧闭。

越是走到岁月深处，越是容易怀念往事。仿佛匆匆的过往，是蓝天里放飞的风筝，无论飞得多高多远。只要手里的线，轻轻一挥，前尘旧缘便慢慢落入掌心。

过去的，无论是美好，还是遗憾，实在不该太执着。伸出手，让旧时光在指缝间一点点滑落。就让一切随风，随风飘散……

就像这春日里的花儿，花开时尽情娇艳，花落时不必伤怀。花开花落终有时，珍惜现在，过好当下。

就像脚下嫩绿的草儿，一时的枯萎，只是顺应季节的更替轮回。它的根，一直在地下吸收营养，蓄势待发。

你瞧，春风走过的地方，花儿吐露芬芳，草儿快乐成长。

一剪春风，一帘烟雨，一抹柔情。陌上花开，花事渐浓。揽一缕春光入怀，捻一纸墨香沉醉，弹一曲古韵悠扬。

所有的繁琐和沉闷，早已烟消云散。春，早已住进了你我的心里。

一个人，要有多远的路，看过多少风景，才能把一颗心修成莲花的模样：纤尘不染，寂静欢喜。

从晨曦到日暮，从春暖到冬寒。琉璃的光阴，素白了心境，温柔了时光。

在岁月无涯的洪荒里，唯有爱才能供养三千繁花。那些遭遇的挫折，迷茫的困惑，痴心的情伤，都是生命给予的历练。经历了，顿悟了，也就成长了。

轻弹岁月的尘沙，让一切美好随着花儿的绽放——醒来。让风儿抚摸脸庞，带来远方的温暖和柔软。

将人间烟火的俗世平常，过成信笺上韵律的诗行。将流年的过往妥帖安放，落地生香。

岁月深处，许你花开不败。

倾我所有，许你一世温柔。

满城风絮，情深几许

人间四月天，着一袭淡绿的薄纱，染一身芳菲的典雅，从清新婉约的风韵中走来。

云雀声声，溪水潺潺。轻柔的风，裹着丝丝清凉，略过山谷，拂过麦田，在温润的大地上打着旋儿，轻歌曼舞。

四月，走在春末的季节里，绿柳吐烟，枝上含翠。微风过处，迷了眉梢，醉了眼眸。凝眸处，碧水传情，山峦叠翠，处处芳菲浸染。

沾衣欲湿杏花雨，吹面不寒杨柳风。清明一过，春雨悄然而至，如春蚕吐出的细丝，连绵不绝。

自在飞花轻似梦，无边丝雨细如愁。只是一场雨的功夫，桃花树下便多了几滴粉红色的泪滴，是眷恋，是离别，亦是零落成泥的最终归宿。

花开，是希望绽放的美。花落，是退去一身浮华，渐渐成熟的美。你瞧，花瓣包裹的果实，正在春雨里吮吸露珠，在春风里蓄积力量。

四月天，是爱，是暖，是希望。花开花落，和风细雨，皆是美。

在繁花似锦的春天，梧桐花并不起眼。当桃红李白纷纷落幕，黄棕色的花苞，如鳝鱼头一般，一簇簇的从棕褐色的树皮里拱出来。

在春风的鼓动下，她大大方方地咧开嘴巴，不带一点温柔和娇羞。浅紫色的花朵徐徐而出，像小喇叭一样吹响暮春的号角。有一些明快，有一丝哀伤。浅浅淡淡的旋律，随风摇曳。

梧桐花甜甜的，所以每年梧桐开花的时候，空气里会弥漫着丝丝的甜香，似有若无，不经意之间你能闻到，若故意去追寻她的味道，她却倏忽不见了。

就像情窦初开的爱情，甜甜的，软软的。总在某个不经意的瞬间，丝丝缕缕爬上心头。经年之后，你在记忆的湖中投下一颗石子，青涩懵懂的爱恋，恍若一圈圈涟漪，渐渐消散。

再深刻的爱，终是回不去了。唯有思念如风，在盎然的春意里掠过，姹紫嫣红的季节便染上了淡淡的忧伤。思念，在四月的春光中，如白色的柳絮，一团一团地滋长，软绵绵，轻飘飘。

风起，柳絮飞扬，似曼妙飞舞的蝶，在点点金色的光晕里缥缈，轻盈落下。飘落于眉间，飘落于掌心。

淡淡的念想随风而起，像满城的风絮，写着我欲言又止的絮语，漂洋过海去看你。

想起一个名叫"娃娃"的歌手。彼时，她是台湾歌手，结识了北京诗人阿橹。相识于偶然，娃娃被他的才情和浪漫所吸引，早已中了爱情的蛊。

海峡相隔，也不能阻止她心里疯狂的想念。如同她在歌曲里唱的：

  为你我用了半年的积蓄

  漂洋过海的来看你

  为了这次相聚

  我连见面时的呼吸都曾反复练习

言语从来没能将我的情意表达千万分之一
为了这个遗憾
我在夜里想了又想不肯睡去
记忆它总是慢慢地累积
在我心中无法抹去
为了你的承诺，我在最绝望的时候都忍着不哭泣
陌生的城市啊
熟悉的角落里
也曾彼此安慰，也曾相拥叹息不管将要面对什么样的结局
在漫天风沙里望着你远去
我竟悲伤的不能自已
多盼望能送君千里
直到山穷水尽，一生和你相依

  繁华落尽，一缕憔悴在风中漂泊。尘缘如梦，一切都成过眼烟云。情也成空，爱也成空，只有一抹暗香飘在旧梦中。
  世事沧桑，一城风絮吹过，满腹相思都沉默。就让一切随风，随风飘荡……
  四月，又是一年柳絮纷飞。满城风絮，情深几许？
  直到山穷水尽，一生和你相依。

就让时光不说话，往事开成花

走进四月，时光变得温润柔和起来。

绿柳拂堤，陌上含翠。一根根柳条，宛如绿色的丝带，随风摇曳。春水初生，倒映着春日里的生机盎然。

折一枝细柳，与往事依依惜别。温一壶老酒，桃花树下，有暗香盈袖。

四月，是春末的季节，一年已经过了三分之一。就像我们的人生，三分之一的旅程，即将告别。此去经年，岁月的清风，吹散了稚嫩的青春。

那些姹紫嫣红的花事，那些波光潋滟的懵懂，那些历久弥新的过往，在最美的四月天，一一落幕。

宛如轻舞飞扬的花瓣，承载着生命里的一抹深情，似柳絮一般轻柔，飘散在春风中。片片花雨，义无反顾地拥吻大地，以一种皈依的姿态，化作暗香尘泥。

待到花谢芳菲尽，一缕暗香，默默地被岁月收藏。在季节的轮回里，只待春风再起,又见花开模样……

就让时光沉默,不说话。

那些错过的人,不必怀念。人生总要有一次,不求一路同行,不求天长地久,甚至不求你爱我,只愿在我最美的年华,遇见你。

那些泛黄的往事,不必留恋。如果说回忆能够下酒,那么往事便是一场宿醉,醉过了方知爱深情浓。

那些不了情,不必纠结。不是每一份感情都能圆满。你爱的人教会你自爱和自尊,爱你的人,让你变得自信。遇见的每一个人,都在教你成长。

记忆的梗上,谁不有两三朵娉婷,披着情绪的花,无名地展开。花开花落终有时,缘来缘去缘如水。

有时候,得不到也是一种解脱,遗憾也是另一种成全。别太用力,懂得看淡。

不是每一粒种子都能长成大树,不是每一朵花都能结出果实,也不是每一片云都懂风的漂泊。

不是每一份爱情都能修成正果,不是每一个家庭都能琴瑟和鸣,也不是每一个理想都能圆满实现。

不要为了无法挽回的事情苦苦纠缠,亦不要把感情投入在不懂得珍惜的人身上,更不要把生命浪费在频频回首的惆怅。

面对这些遗憾,最好的做法就是看淡得失,顺其自然。每个人都在失去中学会珍惜,在遗憾中学会坦然。

得到是喜悦的美,遗憾亦是残缺的美。优雅的人生,是阅尽世事的坦然,是历经沧桑的睿智,是过尽千帆的淡泊。

所有遗憾,都是另一种成全。就让所有的不完美,在过往的云烟里,开出美丽的花。

想起苏东坡，他才华横溢，文章名满天下，诗词书画也造诣匪浅。但是，他的仕途却坎坷艰辛，历尽波折。他不断遭贬谪，却始终保持温厚、旷达和慈悲。

人生的苦难并没有压垮苏东坡，他的乐观已深入骨髓。人生无常，他修炼通透的智慧，安然面对。不断谪居，他却写下"此心安处是吾乡"。

晚年的苏东坡，寄蜉蝣于天地，渺沧海之一粟。山川河流，清风朗月，皆是人生最美的风景。

所有的经历，所有的遗憾，所有的情怀，造就了独一无二的苏东坡。穿越时光的尘埃，他的一生，如一朵莲的清雅和慈悲。

不争不抢，不急不躁。得之淡然，失之坦然。放下心中的执念，该聚就聚，该散且散，不去问是劫是缘。

在最美的春光里，一路行走，一路珍惜。笑看花开花落，静听云卷云舒。就让时光不说话，往事开成花。

五月，邂逅更好的自己

五月，暮春将暮。斑驳的花影，在时光流转中，化作暗香尘泥。

驻足于五月的路口，凝眸回望，那些姹紫嫣红的花事，渐行渐远。浅浅淡淡的花香，消散在记忆的晚风里。

这世间，最大的遗憾莫过于，还没来得及好好珍惜，曾经的美好便随风而去。如同这短暂的春光，等到想要珍惜的时候，春之将尽，暮春已至。

花开花落花满天，红消香断有谁怜。每一朵花都有它的归期，只要曾经绚烂地绽放过。即使有一天香消玉殒，也不会有太多的遗憾。

最是人间留不住，朱颜辞镜花辞树。拈一瓣花香于眉间，看年华向晚。盈一抹从容于心间，许岁月温婉。

给时光一个浅浅的回眸，给自己一份温暖的微笑。指间的豆蔻流年，不经意地，长满了浓浓绿意。

五月，初夏将至。阳光温热，清风绵绵。所有的生命，仿佛披上了一层绿色的幔纱，蓬勃地生长着。

时光落羽，光阴含香。五月的暖风，拂过古旧小院。清瘦的竹木篱笆上，爬满了盛开的蔷薇。

蓦然回首，忽然觉得，生活就像这一墙密织的篱笆，关着一围像蔷薇一般绽放的梦想，梦里梦外，花开嫣然，优雅绚烂。每一朵花里，都是怒放一季的不悔。

一场浩大的盛开，惊醒了五月所有的美好。在初夏的花荫里，打捞一份倾心的往昔。任芳草萋萋，绿柳清风也变得柔软无比。

每个人静谧的眼眸里，都隐藏着一抹极致的芳菲。风来过，雨来过，花亦开过。如同那段情缘已尽的感情，也曾惊艳了时光，温柔了岁月。只是如今，已经淡了，远了……

三毛说：岁月极美，在于它的必然流逝。最美的岁月，一半明媚，一半淡然。生命里总有不曾错过的花开，不曾错过的人来，只愿花常开，人未老。

沿着时光清浅的脉络，寻一处温热的阳光，走进美好的五月。

五月，一切都是崭新的。欣欣然，充满了希望。

不要总在过去的回忆里缠绵，遗忘一些人，珍藏一些事，生活总要向前看。告诉自己：四月再见，五月你好！

五月，认真做人，用心做事。想要什么，就努力去做，不负时光，笑对人生。未来的美好，需要现在一点一滴的努力来创造。

想见的人，就去见吧。趁微风不燥，趁时光不老。不要等到雨骤风急，想去见的时候，已经没有机会了。

想做的事情，就大胆地去做吧。不要因为别人的冷嘲热讽，给自己的生命留下太多遗憾。

想去的远方，就潇洒地去吧。最美的风景永远在路上，让身体带着灵魂去旅行。

想实现的梦想，就勇敢去追逐吧。一生总要有一次，为了某个梦想，忘记自己。

五月，愿你知世故而不世俗，愿你善待自己也被世界温柔以待。

愿你告别过往的疼痛和忧伤，拥抱清晨明媚的阳光。愿你觅得良人，收获美好的爱情。

愿你自己活得像一个队伍，对着自己的头脑和心灵，招兵买马。愿你有召唤，不气馁，爱自由。

愿你眼里有日月星辰，心里有丘壑万千。愿你仰望星空，脚踏实地，一步一步实现自己的梦想。

既往不恋，当下不杂。愿你在最美的五月，邂逅更好的自己。

信手辞春，浅夏茵茵

　　暮春的落红，仓促地堆积满地。来不及细数，来不及埋葬，便被浅夏的风，一一吹散。

　　生命的四季，从来都是如此，顾不得你的一点留恋。花开花落，草木荣枯，转眼间，又是一年春又逝。

　　只是，那一地零落的心事，是否也随着季节流转，被你读懂，一眼洞穿？

　　满眼不舍，我信手铺开岁月的宣纸，手执丹青画笔，描摹十里春风的柔情，勾勒人面桃花的妩媚。写一阕芳菲浸染的诗行，落笔生香。

　　然后，轻轻地挥挥手，拨开宣纸上满目的乱红，信手辞春。

　　该走的终是要走的，留也留不住。该来的总要来，挡也挡不住。

　　浅夏，踏着一地葱茏的绿意，蓬勃着欣然的生机，迤逦而来。

　　就这样，在季节的轮回里，浅夏又与我们不期而遇。久别重逢，也无需过多言语。只一眼，那一院篱笆上的蔷薇，花开荼蘼，便是最灿烂的相遇。

阳光下的微笑，在花影中沉默着，在沉默中寻觅着，寻觅时光彼岸的温柔与深情。

一抹柔情，是匆匆那年你我花下相逢，香染衣襟，醉了流年。你走进我的眼里，我住进你的心里。心中有深情，便有了缱绻的眷恋。所有的时光，亦有诗意的芬芳。

微风拂过，空气中弥漫着浅夏的清香。用心聆听风中的絮语，感受温暖的力量。

那温暖，是生活中朴素的日常，一粥一饭，三餐四季，有人陪你度流年。日光，月影，一寸寸的光阴在指尖缠绕。深情不负时光，岁月亦温柔以待。

有的人，一旦相遇，便如生命里的一道光，照亮所有的黑暗。像是浅夏里的阳光，明媚且温暖。

在岁月深处，种下一垄相思。依着时光的暖，盛开满院的蔷薇。墙上枝，枝上花，花下人。

我写下一笺绿肥红瘦，寄给浅夏茵茵。让一路的等待和守候，穿过草长莺飞，在一抹芬芳里葱茏。

我喜欢这样的初夏时光。微风不燥，阳光正好。我还年轻，我爱的人，未老。

暮春花归去，浅夏绿意来。不必为落花伤神，花开花落皆是慈悲。拥有一颗淡然的心，行至水穷处，坐看云起时。花开时尽情欣喜，花落时不留遗憾。

愿我们，在尘世里修得一颗菩提心。笑看风云起落，不以物喜，不以己悲。

走过繁花似锦的春，将馨香隐于心间。让一切美好，迎夏生长。让所有的深情，在夏的热情里得到回应。绿意盈盈，让自己向暖而生。

不迎合世俗，不泛滥感情，爱自由，有召唤，做最好的自己，遇最默契的知己。

珍惜所有恬淡温暖的情意，人生所有的相遇，都是开始于如春的惊艳，在夏的热烈中慢慢沉淀。最后，归于致远的宁静。

最简单的幸福，便是顺应流年的变换，做季节里的放牧人。放逐所有的迷茫与彷徨，丢掉所有的痛苦与不堪。铭记该铭记的，遗忘该遗忘的。

任岁月悠悠，我自初心不改。走遍千山万水，把风景看透。与一人，相知相惜，细水长流。

捻一颗素心，在季节的转角，遇到爱，遇到暖，遇到珍惜与懂得。与所有的美好，不期而遇。

信手辞春，浅夏茵茵。柔软的风，轻轻地吹过。此刻，时光清浅，许你安然。

青春，渐行渐远无息

每一年的六月，都有一场盛大的离别。

这场离别，是青春的相册里，一抹明媚的忧伤。离别的黄昏，荒凉铺天盖地而来。莫名的孤独，才下眉头，却上心头。

青春散场，兵荒马乱。那些曾经约好一起同行的人，走过花季，走过雨季，终会在某一个路口离散。

很多年前，读过席慕蓉的一首诗《青春》：

> 所有的结局都已写好
> 所有的泪水也都已启程
> 却忽然忘了是怎么样的一个开始
> 在那个古老的不再回来的夏日
> 无论我如何的去追索
> 年轻的你只如云影掠过
> 而你微笑的面容极浅极淡

逐渐隐没在日落后的群岚
遂翻开那发黄的扉页
命运将它装订的极为拙劣
含着泪 我一读再读
却不得不承认
青春
是一本太仓促的书

在那个古老的不再回来的夏日，我们的青春，就此别过。而我，依然会在某个日落的黄昏，吹着轻柔的风，想起那个曾经的白衣少年。

你的身影，如云影一般，略过我的心田。你微微一笑，笑容极浅极浅。就像那个遥远的夏日，你在操场奔跑，忽然转过头，对我微笑。

那是一场没有说出口的暗恋。彼时你还年少，我还小。小小的年纪，内心的喜欢极其纯粹。喜欢，只要喜欢就好。直到离别，喜欢依然珍藏在心间。

想让你知道，又害怕你知道，更害怕你明明知道，却又装作不知道。

我们被时光的洪流，包裹着向前。顾不得犹豫，顾不得彷徨。只能，带着那颗迷茫的未知的，又充满了希望的心，踏浪前行。

儿女情长，渐渐被遗忘，隐没在日落后的群岚。似乎，这样的结局，早已写好，只待命运的手，翻云覆雨。

也许有一天，当我再次遇见你，心里再无波澜。只是那个离别的夏日，早已深深镌刻在我的脑海。我知道，那是青春的印记。

青春，也曾叛逆。我不想做命运的玩偶，憧憬着诗意和远方。那时，喜欢三毛的流浪文学，渴望像她一样，用脚步丈量世界。

我梦想着，如她一般，自由流浪，潇洒坦荡。去自己想去的地方，过自己喜欢的生活，不在意世俗的眼光。

我向往三毛荷西一样的爱情。三毛在《撒哈拉的故事》里写道：每想你一次，天上飘落一粒沙，从此形成了撒哈拉。每想你一次，天上就掉下一滴水，于是形成了太平洋。

他们的爱情，仿佛是沙漠里的一汪绿洲。没有充裕的物质基础，唯有爱，不生不灭。在他面前，三毛可以任性地像个孩子。他爱她，懂她，疼惜她，包容她。她亦是。

兜兜转转，青春远去，那个流浪的梦也渐行渐远。我定居中原一隅，捻一缕茶香，在文字的世界里，放逐自己，寻找诗意的栖居地。

在某一个安静的夏日午后，我翻开青春装订的那本书。泛黄的扉页，命运将它装订地如此拙劣。

青春，是一本太仓促的书。来不及打开，已被岁月蒙尘。来不及品读，字迹已斑驳黯然。

青春，渐行渐远渐无息。

树静，风止，雾散尽。夜阑珊色，独上西楼，用回忆下酒，把青春饮成一场宿醉。

秋思，且听风吟

阴雨连绵的天气已经持续了一个星期。早上难得有一丝晴朗，却是似晴未晴，将阴未阴。天空，没有那么蓝。白云，也没有那么悠闲。

下午时分，太阳出来了，一扫含蓄的阴霾。天空，是海一样纯净的蓝色。白云，成团地抱在一起，软绵绵的。红房子也变得透彻起来，像是要耸入云端一样。墙角的月季，鲜艳的红色花枝招展，恍惚以为是盛开在火热的夏季。只有旁边枯黄的树叶还在提醒着，夏已远去，秋季正当时。

好久没有见太阳，心情也似发了霉一般，阴晴不定。是该出来散散步，晒晒太阳了。

走在林荫大道，呼吸着雨后清新的空气，顿觉神清气爽。路旁不知名的粉色小红花，丝毫不觉秋已近至，依然我行我素地盛开着。偶尔一阵风吹来，枯黄的叶子打着旋儿，投入大地的怀抱，落在花的旁边。忽然想起"落红不是无情物，化作春泥更护花"的诗句。

想来，大自然是最无私的智者。它的世界里，一草一木，皆是风景。

季节轮回，是亘古不变的规律。不会为谁转变，不会为谁停留。生命的悸动，是爱的奉献。你用落叶滋养我的花根，我用芳香守候你的灵魂。

不远处，沉甸甸的红石榴早已压弯了枝头，像是一群顽皮的孩童，热闹嬉闹。想起这个季节，田里的玉米也该成熟了，还有芝麻，花生……秋，这个收获的季节。

一叶知秋，秋就是这样成熟的季节。没有春的温柔娇艳，没有夏的热烈奔放，亦没有冬的凛冽寒冷。但是它永远是那么不动声色，像是一束温暖却不刺眼的光辉。秋，不仅仅带来了累累丰收的硕果。还有，那一抹成熟的韵味。

秋，不再是绿荫成片，繁花似锦。它不需要太多，只要简单就好。你看，那叶子渐渐凋零，花朵慢慢枯败，只剩下苍劲的枝干，在风里伫立着。就像人生到了某个阶段，总要删繁去简，摒弃复杂，方得从容。

然而，这简简单单的从容，谈何容易？没有经历青涩和稚嫩，没有经历风雨和苦痛，没有经历希望和失望，哪里会真正懂得明媚和忧伤？就像这秋，历经春花的烂漫，夏树的茂盛，历经风吹雨打的千锤百炼，才从容优雅地走到我们的面前。

走在落叶满地的秋，秋风瑟瑟，秋语呢喃。诉说着一路走来的风光迤逦，诉说着今后要走下去的坚定和执着。它的叶子垂落，它把根系深深地扎根土壤，汲取养分。寒风刺骨的冬天，它不会畏惧。它的心，早已不是摇摆的枝柯。

想起苏轼的一首词《定风波》：

莫听穿林打叶声，何妨吟啸且徐行。竹杖芒鞋轻胜马，谁怕？一蓑烟雨任平生。料峭春风吹酒醒，微冷，山头斜照却相迎。回首向来萧瑟处，归去，也无风雨也无晴。

出来游玩，却遇上了下雨。拿着雨具的人已经先行离开，同行的人都觉得狼狈不堪，唯有苏轼不觉得，雨过天晴便做了这首词。

不要听雨打枝叶，不如慢慢行走，吟歌且唱。简单的竹杖草鞋多么轻便，怕什么呢？一蓑烟雨任平生。这是何等的惬意与从容。有时候，人生真的不需要太多的繁琐，简单从容就好。

料峭的春寒吹醒了酒，有些冷。山头的斜阳却把光芒投射过来。怎会一直冷下去，还是会有光明和温暖的。回首看看走来的路，归去，也无风雨也无晴。经历了风雨，迎来了晴，那又怎样？心若旷达，就没有阴晴之分。管它风来雨去，晴朗与否，我自岿然不动。

历经世事沧桑，心智渐渐成熟而坚韧。一点点地丢掉世俗的包袱，从容一些，旷达一些。生活本就不完美，又何必庸人自扰之？

秋意渐浓，秋色渐凉。一路行走，且听风吟。在这一季的秋光潋滟里，采撷一抹秋韵，在岁月的纸鸢上，镌刻坚韧豁达，成熟从容。

关于雪，那些美了千年的诗句

雪，漫天飞花中，将心絮悄悄洒落，是一种带泪的洒脱，也是一种无悔的执着。

纷扬的雪花，跨越千年。总有一些美到骨子里的诗句，惊艳了时光，温柔了岁月。

撷取雪花一朵，温润那沉睡于岁月深处的美丽诗行。

一、最孤独的雪

孤舟蓑笠翁，独钓寒江雪。

这是唐朝诗人柳宗元的《江雪》。想象一下，四周的山上没有飞鸟的踪影，旁边的小路上没有人的踪迹。只有一叶扁舟漂于寒江之上，一个披蓑戴笠的老翁，在寒冷的江边独自钓鱼。此情此景，清冷孤寂的感觉油然而生，也算是最孤独的人，最孤独的雪了。

二、最温暖的雪

忽如一夜春风来，千树万树梨花开。

这句诗出自唐朝诗人岑参的《白雪歌送武判官》。

北风一吹，大雪纷飞，漫天皆白，遍地银装，所有树枝上都挂满了雪花，就仿佛是一夜春风至，千树万树的梨花都开了一般。这满枝丫的雪花正如绽放的梨花一般，让人仿佛置身温暖的江南，顿觉春意盎然。既有春风，又有梨花，这雪花，也变得温暖起来。

三、最香的雪

遥知不是雪，为有暗香来。

这句诗出自宋代诗人王安石的《梅花》。远远地走来，看到那一抹白，我也知道那不是雪。因为有一股淡淡的花香，悠悠袭来。虽然不是雪，也被流传称颂，算是最香的雪了。

四、最自知的雪

梅须逊雪三分白，雪却输梅一段香。

这句诗出宋朝诗人卢梅坡的《雪梅》。皑皑白雪，落于梅花之上。梅花，须逊让雪花三分晶莹洁白，雪花，却输给了梅花的淡淡清香。不管白雪，还是梅花，各有各的美。

五、时间过的最快的雪

君不见，高堂明镜悲白发，朝如青丝暮成雪。

这句诗出自出唐朝诗人李白的《将进酒》。人生就是这样短促，早晨（青少年时）是满头黑发，到晚上（老年）就变成满头雪白了。刹那芳华，弹指红颜老。人生再长，也抵不过时间。

六、最调皮的雪

白雪却嫌春色晚，故穿庭树作飞花。

这首诗出唐朝诗人韩愈的《春雪》。新春已到，看不到芬芳的花朵。到二月，才惊喜地发现有小草冒出了新芽。白雪也嫌春色来得太晚了，所以有意化作花儿在庭院树间穿飞。如此这般，也算是史上最调皮的雪花了。

七、最有情怀的雪

昔我往矣，杨柳依依。今我来思，雨雪霏霏。

这句诗出自诗经的《诗经·小雅·采薇》。当初我走的时候是春天，杨柳依依惜别。而回来时已经是雨雪交加的冬天。不管是杨柳依依，还是雨雪霏霏，我都思念着我的家乡，我的爱人。

八、最给人希望的雪

柴门闻犬吠，风雪夜归人。

这句诗出自唐朝诗人刘长卿的《逢雪宿芙蓉山主人》。在这天寒地冻之中，在这荒山野外，在饥寒交迫之时，就像我们自己遇到了人生困境。就在此时，能找到一个同样贫寒的小屋，有一间茅屋可避风雪，也有一处灯火可见光明，一碗饭食可慰饥寒。人生匆匆，我们皆是过客。历经风雨吹打之后，回归温暖。在人生漫漫路上，谁又不是孤独而又怀揣希望的"风雪夜归人"呢？

九、最大气豪迈的雪

北国风光，千里冰封，万里雪飘。

这句诗出自毛泽东的革命史诗《沁园春·雪》。北国的风光，千万里冰封冻，千万里雪花飘。每次读到这首诗，都会被震撼。大气磅礴，胸怀万千。无论是那个战火纷飞的年代，还是现在和平共处的年代，我们要有宽广的胸怀，活得大气坦荡。

十、最风雅的雪

有梅无雪不精神，有雪无诗俗了人。

这句诗出自南宋诗人卢梅坡的《雪梅》。只有梅花独放而无飞雪落梅，就显不出梅花的韵味；若使有梅有雪而没有诗作，也会使人感到不雅。听雪、赏梅、吟诗，似乎是离我们很遥远的情趣了。

若不能踏雪寻梅，吟诗作对，虽说少了一些高雅的格调。但是当下雪的时候，会佳朋，饮香茗，围暖炉，赏雪景，岂非人间乐事？写到这里又想起唐朝诗人白居易的一句诗：晚来天欲雪，能饮一杯无？

雪小禅说，这世间的美意原有定数。这听雪的刹那，心里定会开出一朵清幽莲花。也寂寞，也淡薄，也黯然。但多数时候，它惊喜了一颗心。

赏雪景，听雪声，人的心，可以飘起来。和那雪一起，恣意飞舞。

谁念西风独自凉

不经意地，便走进了萧索的冬季。西风卷起落叶，向更加寒冷的方向飞去。瘦弱的枯枝，在一片灰蒙蒙中，茕茕孑立。

太阳，也变得懒惰。看，天边的白云，悠悠踱着小碎步，那是云朵不安分的思念。听，庭院里鹅黄色的菊花，一根根抽着丝，缱绻在一起，说着悄悄话。那是菊开晚秋，满心期盼的情话。

阳光，似是娇羞的少女。犹抱琵琶半遮面，千呼万唤始出来。温暖的光芒，像极了唐诗宋词里富有韵律的诗行，一字一句，一句一行。初冬的寒意，也变得温柔起来。

行走在久违的阳光下，指尖，划过一丝柔情。抬起手，五指分开。透过指缝，和太阳两两相望，相视一笑。

天空，一望无际的蓝，遥远而深邃。白云，像棉花糖一样柔软。偶尔，几只鸟儿，从不远处恋恋不舍地飞过。是寻觅，亦是告别。身旁的银杏树，还是那样高大而孤独。为数不多的，金色的银杏叶，随着一阵微微吹来的西风，翩然落下。是与大树的离别，也是对大地的回归，化作春泥更护花。

天色将晚，日暮西山。夕阳的余晖，仿佛温润的玉石，清凉而不寒冷，温暖而不耀眼。点点光晕，洒在我的眉梢，划过清冷的眼角，滑落掌心，绕指柔。

即使阳光散去，我也是万般贪恋它的光芒。寒冷的冬季，那一抹明亮和温暖，是那么地弥足珍贵。

就像我们的生命中，总会有那么一束光，穿透所有的落寞与失望，点亮爱和希望。

我回头，看着身后一步步跟着我的小人儿。胖墩墩的小脸，白白嫩嫩。一双明亮的眼睛，虽是单眼皮，却像是夏天河里涌出的泉眼一般清澈。樱桃似的小嘴，还哼着"三只小熊"的儿歌。

两岁的儿子，穿着厚厚的棉衣，走起路来，还真的像小熊一样可爱呢。黑色的棉鞋，裹着调皮的小脚，踢踢路边的落叶。偶尔，几片树叶飘落，他会兴奋地手舞足蹈，跑过来说：妈妈，妈妈，树叶落了。

我俯下身子，随手抓起几片落叶，撒向空中。枯黄的叶子，像是夏日里追逐的蝴蝶，飞舞着。儿子更加兴奋了，也学着我的样子，拿起落叶，向前方扔去。有的叶子，甚至还没有扔起来，他依然笑得合不拢嘴。

玩了一会儿，小手都凉了。我轻轻地抱起儿子，拥入怀中。儿子的小手，伸入我脖子上的围巾里，趴在我的额头，亲吻一口说：妈妈，爱你哟。我微笑着说：妈妈也爱你，永远爱你。

这小小的宝贝，像是一位天使，点亮我生命中所有的爱。这份爱，是暖，是希望，是远方的光和亮。

红尘陌上，世事沧桑。我倚在岁月的门楣，挥一挥衣袖，把往事酿成一壶老酒。酸甜苦辣，我且干杯。

霜融成字，雪落成诗。谁念西风独自凉，萧萧黄叶闭疏窗。且尽一杯浊酒，往事不再回头。不念过去，不畏将来。

031

在文字的世界里,修行

我一直觉得,人生在世,一定要有一些发自内心的爱好。

如果没有很多,只一个也可以。这个爱好,根植于你自己的内心深处,无关名利。像甘泉雨露一般,滋养生命。

文字于我,就是源于内心真挚的热爱。爱上文字,便是爱上这种表达方式。无关声音,却是无声胜有声。

在文字的世界里,与每一个有趣的灵魂,欣喜相逢。隔着人间烟火,在岁月的纸鸢,听文字沙沙作响,轻嗅一缕一缕的墨色生香。

笔下的文字,有的像是久别重逢的老友,在纸上相谈甚欢。有的像是一场暗恋,有欢喜,有期望,也有心酸,无处安放。

更多的时候,这些文字,像是夕阳的余晖,温柔且有力量。将一天里所有的疲惫不堪,失望落寞,还有激动欢喜,一并揉进橙黄色的光晕里。然后像一大块儿画布似的,铺在天空的尽头,闪烁着柔美而不刺眼的光辉。

我知道,我一直都知道。即使夜色来临,夕阳沉入海平面,它依旧会在次日清晨，冉冉升起，伴着橙红色的朝霞。

所有的文字，像花儿遇见朝露，鱼儿遇见海洋，河流遇见山川，在内心深处，一一醒来，再放光华。

我喜欢我笔下的每一个字。

虽然，有的文字有些柔弱，像温室里的花朵，经不得风吹雨打。有的文字有些矫情，像是少女羞红的脸颊，青涩又略带感伤。

但它们，在某一刻，见证了我的喜怒哀乐。在某一瞬间，记录了我的所思所想。

是它们，安顿了我的灵魂。我的孤独可以抒写，我的欢乐可以分享，我的忧伤可以安放。

文字，是岁月里绽放的灵魂。

年少的时候，总觉得生命很长，我还有大把的时光可以挥霍。走着走着，才发现原来时光真的是不等人的。

光阴似一把利箭，在我的身后，不停地追逐着。我甚至不敢回头，也不能回头。我知道，终有一天，它会追上我的脚步，毫不留情地穿过我的胸膛。

而我，毫无还手之力。只待一声巨响，一片鲜艳的殷红，流淌……

而有了文字，我便可以在岁月的衣襟，缝上密密麻麻的针脚。有我的奋争和努力，有我的纠结和彷徨，也有我的从容和淡然。

所有的文字，一字一句，一句一行，一行一阙，组成我绽放的灵魂。

文字，在岁月无涯的洪荒里，一点一滴，记录着所有的温存。让流年温柔绵长，让时光不老不散。

文字，是漫漫岁月里的自我修行。

二月河曾在小说《雍正王朝》里说："大隐隐于朝，中隐隐于市，小隐隐于野。"

小隐，隐于山川田野。不问世事沧桑，一切功名利禄皆是虚妄。与山中日月互诉衷肠，与田园风光饮酒对唱，钟晨暮鼓，安之若素。

中隐，隐于世俗闹市。虽然在凡尘俗世里求取繁华富贵，内心却能保持澄澈清净，不为喧闹嘈杂所扰。

大隐，隐于朝堂。最高境界的隐者，即便在朝堂之上，身处勾心斗角，尔虞我诈的名利场，依然能够不为世浊。

所有的归隐，都是一场修行，殊途同归，都是为了寻找自我，不失本心。一个隐字，便是卸掉所有外界的包袱，回归到自己的内心。

而文字，却是另一种修行。无论是在清风朗月的山野，是热闹繁杂的俗世，还是居于庙堂之高远，只要走进文字的世界里，便是走进了自我修行的世界。

红尘万丈，繁华三千。不管悠闲还是劳累，快乐还是伤感，焦虑还是从容，我都可以隐居在文字的世界里：安顿灵魂，寻找力量。

写作，让所有的情绪在笔端缓缓流淌。写作的过程，便是调整情绪，自我梳理的过程。

认清自己，有所为有所不能为。接纳自己的不完美，勇敢且坦荡。

文字的世界里，自己和自己，可以好好相处。

提起笔，让每一个字落笔生香。弹去岁月的灰尘，在文字的世界里，慢慢修行。

一缕茶香醉流年

迷恋一种东西,绵远悠长。恰若春日百花,秋月凉风,冬上白雪。

心如鸣泉止水,荡漾在茶香雅韵之间。不知不觉,身随茶影缥缈,心随茶香醉流年。

今生爱茶,效其高远之气,存其温润之光。

爱上茶,爱它的自然灵秀。走过夏的繁盛,秋的成熟,冬的内敛,踏着光阴的琉璃,一路渐行渐暖,走进茶香氤氲的时节。

茶山云雾缭绕,仿佛置身于仙境一般。空气清新幽净,鸟儿婉转鸣唱。深吸一口气,丝丝缕缕的茶香,伴着阵阵的花香,与我撞个满怀。

茶叶舒展着筋骨,一颗颗茶芽,像是含苞待放的花儿,一瓣瓣吐露芳华。

爱上茶,爱它的浴火重生,百炼成钢绕指柔。

细嫩的芽儿,浸透了奋斗的汗水,洒遍了牺牲的血雨。每一颗茶芽,离开茶树,便要经历高温杀青,揉捻成形的考验。

就像我们的人生,哪一次成熟没有付出血与泪的代价呢?唯有经历千锤百炼,才能涅槃重生。褪去一身的稚嫩,修炼出一颗圆融通达的内心，勇敢且坦荡。

爱上茶，爱它的宁静淡雅。

一杯茶，不喧闹，不张扬，在水乳交融中，静静地绽放。淡淡的清香，淡淡的滋味，袅袅婷婷，香风细细，如一朵莲的清幽，清水出芙蓉，天然去雕饰。

你喜欢，或者不喜欢，它就在那里，不悲不喜。你拿起，或者放下，它也在那里，不急不躁，恬淡娴雅。

爱上茶，爱它的优雅从容。

茶说，我这一生，都在相逢，相逢何必曾相识。你来，从陌生的世界，从江湖的一角向我走来。我能做的，就是静静地为你泡上一盏茶。

人等的是一杯倾心的茶，茶等的是一个相知相惜的人。你若愿懂，茶不负你。

喝茶，品的是一种心境。品茶，品的是山水之间怡然自得的乐趣，是三两知己久别重逢的欣喜，亦是一个人临窗而坐独饮悲喜的寂静清欢。

爱上茶，爱上有茶的清浅时光。

红尘陌上，我们背负着重重的行囊，追逐着梦想和远方。只是，走着走着，迷失了自己。忘记了当初为什么出发，如今又要走向哪里。

而我们，依然可以在一杯茶的时光里，将寂寞坐断，重拾繁华。把悲伤过尽，重现欢颜。把苦涩尝遍，自然回甘。

茶里有苦涩回甘，人生亦有百转千回。终于明白，不该执着的，便放下吧。人生没有绝对的安稳，我们不过都是匆匆的过客。不如，携一颗从容淡泊的心，走过山重水复的流年，笑看风雨起落。

捻一缕茶香，守一段时光。有茶的时光，不老不散，将流年妥帖安放。

携一缕茶香，染一程芳华。轻轻淡去那些惆怅，与一盏茶香结缘，不扰清浅，不惹忧伤。

一缕茶香醉流年。你若安好，晴不晴天，已不重要。

内心安详，何惧岁月荒凉？

走着走着，就走进了秋的韵致里。

碧云天，黄叶地，秋色连波，波上寒烟翠。天高云淡，秋光潋滟。

秋风吹落一地的苍凉，秋雨湿润一季的彷徨。秋叶晕染了成熟的风韵，秋月皎洁了绵绵的思念。

秋意渐凉，拥一怀浓浓的秋意，与云烟相依。采撷一缕秋色，修篱种菊，悠然见南山。

剪一阕清风明月，吟一曲爱恨别离，梦一场风花雪月，煮一壶云水禅心。

走进秋的季节，打开秋的心扉。听秋虫呢喃，云雀叽叽。看飞鸟划过天空，留下怡然的痕迹。

一草一木，在素净的秋色里，悠然如歌。淡黄色的小花，铺在林荫小径，装点秋色。

秋天的一切，都是淡淡的。淡淡的烟雨，淡淡的风月，淡淡的相思……

如同我们的人生，走过稚嫩的春，路过炽热的夏，从鲜衣怒马的热烈，一步步走到银碗盛雪的素简。

花好月圆极美，却也抵不过曲终人散的似水流年。一个人，只有把寂寞坐断，把悲欢尝遍，才能慢慢明白：花开有致，花落有期。缘聚缘散，终有定数。

当华美的叶片落尽，生命的平凡和本真，沿着岁月斑驳的脉络，清晰可见。越发走到岁月深处，越是觉得，素雅的清欢最美。

素，是素净。雅，是雅致。干干净净的一颗素心，不染尘埃，不惧忧伤与别离。淡然悠远的雅致，是"蒹葭苍苍，白露为霜"的诗意，亦是"一蓑烟雨任平生"的洒脱。

我将往事煮成茶，从此悲欢不由它。

煮一壶秋色，伴秋水长天。将岁月里的暖，吟于指间。让时光含香，氤氲着淡淡的流年。

捻一缕茶香，采一滴秋露，存一抹诗意，静享秋色，莫负好时光。

喝茶读书，不争朝夕。就让时光慢一点，再慢一点。

微风不燥，阳光正好。泡上一杯茶，打开一本书，聆听新世纪音乐大师李志辉的《水墨兰亭》。

悠远深邃的清音，跨越时空隧道，由远及近，由崇山峻岭到清流激湍，由晴朗碧空转向大千世界，宛如浓淡相宜、虚实相生的水墨画卷徐徐展开。

仿若置身山水之间，感受鸟语花香、清泉潺鸣的惬意。与群山对坐，而无关尘世；看昼夜更迭，而无关风月。

心寄山水，情系古韵，任凭红尘滚滚，依然安之若素……

秋日里的温婉和宁静，仿佛一位如茶的女子，着一袭素雅的旗袍，遗世而独立，执笔问君安。

秋意绵绵，情丝三千，我有相思不可言。

风卷珠帘，一半寂寥，一半牵绊。雨落花烟，一半缤纷，一半遗憾。叶落归根，一半悲凉，一半斑斓。

我放下所有的羁绊，释然所有的爱恨与别离。静下来心，感受这世间所有的美好与温情。即使岁月变换了季节，沧桑了容颜，那抹恬淡明媚的心境早已根植心间。

从此，往事不言愁，余生不悲秋。

端坐在秋的门槛，凝望一花一茶的从容与美妙。内心安详，何惧岁月荒凉？

从曾经的不谙世事，渐渐走向成熟稳重。从曾经的迷茫困顿，慢慢变得淡定从容。这份波澜不惊的心境，经过时光的锤炼，弥足珍贵。

内心安详，不过分地沉迷悲伤，也不过分地看重得失成败。不会因为别人的一句赞美沾沾自喜，也不会因为别人的一句指责耿耿于怀。

用心做自己喜欢的事情，努力去做，专注去做，做到最好。认真地爱值得爱的人，好好去爱，爱到极致，爱至荼靡。

心中有爱，一花一世界，一叶一如来。自在欢喜，不惹尘埃。

心中有情，一念一清净，一步一莲花。看尽风月，自在从容。

心之所向，步履皆往。岁月漫长，不必慌张。

秋色无南北，人心自浅深。

内心安详，不惧岁月荒凉！

第二辑　人生自是有情痴

纸短情长，言浅爱深

情话很短，有时只有那么两三行。思念很深，一字一句深不见底，刻骨铭心。

痴痴的想念缠绕在指间，幻化成一句句甜糯糯的情话。那甜甜的幸福，便是纸短情长。

当爱一个人很慢的时候，幸福持续的时间就会变得很长。

只有在慢慢的过程中，才能更深地与之交心，那才是至爱。慢，是因为一直持续着爱。

前段时间，无意间读到周恩来与妻子邓颖超书信里的这几句情话，被甜虐了：

周总理："你的信都太官方了，都不说想我。"

邓颖超："周总理是大忙人，哪有时间来想我。"

周总理："闲人怎么知道忙人多想闲人。"

邓颖超："情长纸短，还吻你万千。"

读着他们的情话，仿佛见到了他们写信时的思念与情深，落笔时的惦念与心安，还有拆信时的期待与欣喜。

爱极了这句：情长，纸短。吻你，万千。

一纸书信，太短，哪里写得下我长长的思念？用爱，吻你，千千万万遍。但愿君心似我心，定不负相思意。

记得王小波每次给李银河写信，开头第一句永远都是："你好哇，李银河。"

最简单的问候，却流露出了内心最真挚的喜悦，小心翼翼的爱被折叠，却怎么也隐藏不了那份执着而又深厚的想念。

初初相识，王小波其貌不扬，还是一个不知名的文学爱好者，他对李银河一觉倾心。

他直接问她："你有男朋友吗？"

李银河说："没有。"

"那你看我怎么样？"王小波问。

王小波是幸运的，有生之年能够遇到一见钟情的人。他亦是勇敢的，遇到喜欢的人，就大胆表白。

爱，要说出来。不然，对方怎么知道你的爱呢？

后来王小波给李银河写过的很多软绵绵的情话：

"你要是愿意，我就永远爱你；你要是不愿意，我就永远相思。"
"不管我本人多么平庸，我总觉得对你的爱很美。"
"告诉你，一想到你，我这张丑脸上就泛起微笑。"
"我把我整个灵魂都给你，连同它的怪癖，耍小脾气，忽明忽暗，一千八百种坏毛病。它真讨厌，只有一点好，爱你。"

043

他把所有动听的情话,都说给了李银河。

王小波的情话很短,短短的情话里,却是道不尽的爱恋和思念。哪怕只提一下你的名字,所有的爱便都说尽了。

你的名字,是我想要书写的,最短的情诗。从你的名字开始,后来有了一切。

木心曾在《从前慢》里说:

从前的日色变得慢
车,马,邮件都慢
一生只够爱一个人

一生,只够爱一个人。而爱,也让日子变慢。慢到深深的情话,浅浅地说。慢到浓浓的思念,淡淡地写。

历史上,吴越王的夫人吴氏,每年寒食节都会回娘家临安小住一段时间。吴氏回娘家住得久了,吴越王便会差人带信给她:或是思念,或是问候,或也有催促之意。

有一年,吴妃又去了临安娘家。吴越王在杭州料理政事,一日他走出宫门,只见凤凰山脚,西湖堤岸已是桃红柳绿,春意暖暖。

春光迤逦,花事渐浓。此情此景,吴越王再也按捺不住内心的思念。回到宫中,便提笔写上一封书信:陌上花开,可缓缓归矣。

陌上的花儿已经盛开,你可以一边赏花,一边归来。短短的一句话,没写一句思念,满纸却浸染着温柔的深情。

爱,是余秋雨说的那句:你的过去我来不及参与,你的未来我奉陪到底。

爱,是朱生豪说的那句:醒来,觉得甚是爱你。

爱,是冯唐说的那句:春水初生,春林初盛,春风十里,不如你。

爱，有时就是那短短的几句话。每一个字，都氤氲着思念的气息。

慢慢地爱上一个人，真诚地思念一个人，温柔地呵护一个人。

那些说不出口的话，就用文字来书写吧。写下一横一竖的温柔，写下一撇一捺的深情。

因为，纸短情长，言浅情深。

我想陪你安静地老去

　　这个世界太大，人潮太拥挤。有的人还没来得及好好拥抱，就消散在人群里，再无踪迹。

　　人来人往，车水马龙。太多相聚，太多别离。有的人，一个转身，一别便是一生。

　　有时，我们像是海上的一座孤岛。习惯了孤独，却又害怕孤独。时常感到迷茫，却又找不到方向……

　　直到有一天，遇到了生命里的那个人。他说的话最动听，他的笑容最干净，他身上的气息最撩人。

　　有他的陪伴，生活充满了爱意。简单的日常，也有了诗意。烟火人间，令人意醉神迷。

　　爱，便是这世间最高的奖赏。爱和被爱，都是幸福的。

　　此后余生，只有死别，再无生离。

　　世界上，有很多东西，我们生不带来死不带去。我们曾看过最美的风景，也曾触摸最孤独的恐惧。

遇见你,我跌跌撞撞地,奔向你。再也不愿你离我而去。我只愿,历经风雨,和你平平淡淡地相守在一起。

有一句动人的情话是:我爱你。有一种醉人的深情是:不管岁月如何流转,山河怎样动荡,我只想,陪你安安静静地老去。

愿我如星君如月,生生世世不分离。

想起,南宋诗人范成大《车遥遥篇》里的诗句:

车遥遥,马憧憧。
君游东山东复东,安得奋飞逐西风。
愿我如星君如月,夜夜流光相皎洁。
月暂晦,星常明。
留明待月复,三五共盈盈。

驿马奔驰,马影晃动。君游泰山之东,而我只能乘着西风追逐你的足迹。我多么希望你我如星月,交相辉映,含情脉脉,情深盈盈。

我希望,我们再也不要分开了。我喜欢你,一直到宇宙的尽头。

唯有爱,生生不息,永不幻灭。

作家庆山说:"也许很多人临终之前,会感觉自己的一生,并没有真正地爱和被爱过。人类抵抗孤独,渴求和试图获取爱,最后却以虚荣、怀疑、欲望、婚姻……各种方式扼杀他,最终孤独地死去,而我猜想在人死去,只有爱是唯一可以被带走的,只是大多数人没有这个。"

我们用尽力气,拼命相拥,不给孤独留一点余地。最后却发现,这世间有那么多的无可奈何。

无力,是我们最终不甘的结局。

但我始终都相信,这世上,总有一个人,爱你如生命。

他会给你最美好的爱情，给你想要的一切，陪你去你向往的地方，免你惊，免你苦，免你无枝可依，免你颠沛流离。

我也一直相信，这世间，最美的情话不是"我爱你"，而是"我想陪你安静地老去"。

在平凡的生活里，拥抱你。只想陪你，安静地老去。

见与不见,都在心间

　　这个世界上,总有一些事情是无能为力的。
　　比如,无法拒绝有一个人突然闯入你的生命,陪你流离,给你温暖。无法抑制内心对某个人喷涌而出的感情,越压抑,越迷恋。无法让你喜欢的人也喜欢你,两情相悦,不争朝夕。
　　曾经以为,感情的世界里,黑白分明。喜欢就是喜欢,不喜欢也不要勉强。爱就爱了,爱就深深爱。
　　后来,才发现,感情还有另一种相处模式:隔岸相望,过好自己,也祝福你。就像云和月的守候,就像风和叶的蹁跹。
　　如果,真的喜欢,见与不见,都在心间。想起扎西拉姆·多多的一首诗《见与不见》:

　　你见,或者不见我
　　我就在那里
　　不悲不喜

你念，或者不念我
情就在那里
不来不去

你爱，或者不爱我
爱就在那里
不增不减

你跟，或者不跟我
我的手就在你手里
不舍不弃

来我的怀里
或者
让我住进你的心里
默然 相爱
寂静 欢喜

如清风明月，如雨润芭蕉。这样的深情，默默无言，寂然欣喜。没有情深缘浅的感叹，没有万箭穿心的煎熬。没有缠绵悱恻，没有海誓山盟。

但这样的深情，却是"蒲苇韧如丝，磐石无转移"的坚贞。见与不见，你都在我的心里。默然相爱，寂静欢喜。

不求朝暮相见，不求拥抱缠绵。只要两个灵魂深处，相依相伴。隔岸对望，依旧深深眷恋。

纵使山水不相逢，只要动了真心，入了深情。只要想起，便是安暖。

只是，我一直没有告诉你，其实，我一直在等你。我害怕，我一开口，就变成了纠缠。

我一直想把最好的感情给你，包括自尊，包括自由。因为自尊，所以不忍打扰。因为温柔，所以给你自由。

多少深深浅浅的转身，避而不见，都是不曾说出口的遗憾。遗憾就遗憾吧，有些人注定不能在一起，只要爱过就好。

可是，依然有一种爱藏在心间，百转千回。

刻骨的人，总是念念不忘。爱而不得，在岁月深处，徒留伤悲。走过很多的城市，看过很多地方的云，行过很多地方的桥。我站在桥上看风景，满眼柔情，风景里再无你。

记忆，被时光推着向前。生活，也渐渐归于平静。曾经放不下的人，忘不了的情，在某一个不经意的瞬间，就这么遗忘了。

爱恨别离，你看不到我的孤寂，我却懂得你所有的悲伤。沧海变桑田，即使遗忘，爱依然在心间。对于爱的田园来说，痛苦和欢乐都是美丽的种子。

隔着不远不近的距离，彼此祝福，各自安好。

有些人，见与不见，都在心间。有些情，念与不念，都是温暖。在这个薄情的世界里，深情地活着。

见或不见

你都在我的心底

但我只能

默默地祝福你

念或不念

我依然感谢你

曾经路过我的生命

温暖过我的心灵

对或不对

不再埋怨
认识你,从不后悔
值得一生去回味

今生或者来世
不管会不会遇见
一切随缘
各自清欢

人生难得一知己，不负韶华不负卿

生命中，总有一个人的出现，似一道暖阳，惊艳了时光，温柔了岁月。

隔着红尘烟火，你仿佛与另一个自己，狭路相逢。是谁说过，大凡灵魂相似的人，有幸相逢，就是永恒。

默然相遇，寂然欢喜。不经意的一场相遇，没有预兆，毫无防备，就这么遇见了。时日渐长，那个人的气息一丝一缕爬上心头，喜欢成疾，无药可医。

这喜欢，是浅浅淡淡的喜欢，没有妖娆的魅惑，没有猛烈的追求。像冬天里飘落的第一片雪花，晶莹剔透，满心欢喜。像春日里半开未开的花儿，娇羞含香，欲说还休。

这喜欢，更多的是欣赏。隔着不远不近的距离，安静地欣赏就好。不是所有的喜欢，都能够成全。

也许是相遇太早，为了奔赴所谓的前程，不能给予承诺。也许是相遇太晚，彼此身边已经有了另一个人的陪伴。

即使没在一起，彼此仍能找到踏实的感觉，彼此心里清楚，对这个人，你比朋友和家人还多了一份关心。因为有了彼此，心里总是充满了美好。

有一种感情，有着化骨绵掌的力量，可以和时间一起成长。

这样的一种感情，高于友情，却不是爱情。这种感情，是知己之情，只有懂得的人，才会珍惜。

人生在世，能够拥有这样的一份感情，是幸运，也是心酸。

幸运的是，有一个人理解你，懂你。懂你的悲欢离合，懂你的欲言又止。甚至，不需要太多言语，只一个表情，一个眼神，便读懂了你所有的心意。

你们之间，彼此懂得，彼此欣赏。是"与君初相识，犹如故人归"的久别重逢。是伯牙与子期"高山流水遇知音，彩云追月得知己"的一往情深。亦是"相知无远近，万里尚为邻"的惺惺相惜。

这种深情，来之不易。滚滚红尘，繁华万千。能够遇到一个喜欢你，又愿意懂你的人，实属不易。而你，亦是喜欢他，懂他的。

人生难得一知己，不负韶华不负卿。

然而，这样的感情，亦是心酸的。明明喜欢，却不能在一起。彼此都明白，亲人的反对，世俗的高墙，道德的枷锁，注定了不能逾越底线。

有时，看到某件东西，听到某句歌词，读到某段文字，便会想起对方。想起他的暖，她的笑。想起来，心里一阵酸涩，有纠结，有彷徨，也有期待。多想扯下这一层无动于衷的伪装，只是静下心来去感受爱。不问前缘，不说永远。

这样的友谊不亚于爱情，这样的关系不属于暧昧。这样的倾诉一直推心置腹，这样的结局总是难成眷属。

真正的知己，是彼此最真诚的朋友，最纯洁的"爱人"。

不会破坏对方原有的幸福，不会打破现在的宁静，亦不会奢望未来的期待。知己之间，进一步，在咫尺之内。退一步，在天涯之外。进退之间，不打扰，留有余地，是彼此给予的温柔。

高兴时，分享快乐和喜悦。难过时，相互鼓励和慰藉。互相包容，相知相惜，所有的真心，都被深情以待。

一朝相知，终身知己。彼此相望的眼睛，便是最曼妙的风景。彼此相知的心灵，便是最温暖的感应。

茫茫人海，你我擦肩。没有就此别过，而是走进了彼此的心里，成为难得的知己。是的，知己的相遇，从来不在拥挤的人海，而在心上。

知己，是内心的慰藉，是精神的柏拉图，也是灵魂的交付。花常开，人常在，一生知己，永不相负。

时光太瘦，指缝太宽。朝如青丝，暮已成雪。如果此生有幸，遇到这样一位知己，坦然一点，真诚一点，好好珍惜吧。

只言珍惜，不诉离殇。我只愿，所有的真心，都能够回以深情。

许一场一见如故，眉目成书

这一生，总会有很多遇见。

有的遇见，是"与君初相识，犹如故人归"的熟悉。有的遇见，是"倚门走，却把青梅嗅"的羞涩。有的遇见，是"只缘感君一回顾，使我思君朝与暮"的深情。

这世间，所有的相遇，都不是无缘无故的。若无相欠，怎会遇见？

也许是前世的情深缘浅，明明深深相爱，却没有走到白首。今生，再与你相知相遇，续写一段未了的情缘。

那个让你一见如故的人，或许就是你前世的爱而不得。痴爱了一世，思念了一世，牵挂了一世。今生，那个深爱的人，为你，迤逦而来。

从此，缘未了，人不散。

今生，遇见了，相爱了。情不知所起，一往而深。所有的感情，都是前世亏欠，今生注定要来偿还的。

经过多少修行，积累多少缘分，才能到这人世间相爱一场？

世人千万，擦肩无数，唯有你的出现，一眼惊人，一眸入心。

入了心的人，便是前世欠的最深的那个人，今生所有的相遇，都是久别重逢。所有重逢，只为你而来。

人生，就是一场又一场的遇见，接着一场又一场的重逢，最后是人来人往的离别。

烟火人间，驿路策马，一回眸，一驻足，可能就是一场相逢。

所有的重逢，都是一场温暖的邂逅。

你永远不知道，在哪一刻，哪一个路口，会有怎样的一个人，没有早一步，也没有晚一步，隔着不远不近的距离，与你重逢，为你守候。

"遇见你的眉眼，如清风明月，在似曾相识的凡世间，顾盼流连。如时光搁浅，是重逢亦如初见，缠绵缱绻……"

一曲《繁花》，重逢如初见。最温柔的时光，也敌不过，你转瞬的回眸，一见如故。

遇见你，喜你成疾，药石无医。

这个世界上，真的有一见钟情吗？如果有，那也是因为遇到了一直想要遇到的人。

那个人，翻山越岭，跨越人海，为你而来。一朝相识，仿若倾心已久。那些尘封的情缘，恍若隔世的梦境，一一醒来。

所有的相遇，都是为了续写前世未尽的缘分。所有的重逢，都是今生情感的归宿。

遇见你，我相信了所有的缘分。我相信，这世间存在一切温暖和美好。

我相信星星会说话，石头会开花。穿过夏天的风和冬天的雨雪，你终会抵达。

也许这世间还有其他更好的人，可以选择，但当你出现的时候，这世上其余所有的人，都将与我无关。

我的眼里有日月星辰，山川湖海。无一是你，无一不是你。

世事如书，写满了爱恨别离。而我，只偏爱你这一句。
想起一首现代诗：

> 做一株向内生长的树，
> 同泥土相互喑熟，
> 叶冠与根系彼此思慕，
> 天光从至高处陈铺，
> 每种时间的尽出，
> 荣枯被不断反刍，
> 而你在远途，在更深的帷幕，
> 许一场一见如故，眉目成书。

前尘往事，时光为渡。人生之河，眉目之书。两个人，穿过拥挤的人潮，结一段尘缘。

互相在乎，默默关心。不知过了多久，突然对望，眉目含情。那份随岁月不退春秋的感情，早已根植在眉间心上。

感情如果是十分，希望可以这样收藏：三分留给望穿秋水的等待，三分留给痛不欲生的误会，剩下四分留给心心相印的珍惜。

唯有珍惜，才能不辜负所有的真心。愿所有真心，都回以深情。

你在时光的彼岸，我在诗里等你千年。落叶为笺，写不尽的思念。

许一场一见如故，眉目成书。

听,风带来爱的消息

  我喜欢这个季节的风,轻柔缠绵,又不失纯净美好。
  当风声在耳边轻轻唤起,我不由得想起,杜鲁门·卡波特的短篇小说《关上最后一扇门》,最后一章写到这样一个美丽的句子:

  "于是他把头紧贴在枕头上,双手捂住耳朵。他这样想,去想无关紧要的事,去想想风吧。"

  去想无关紧要的事,去想想风吧。每每读到这里,便喜欢的很。当你放下生活的烦扰,暂且不去追求所谓的目标。把时间浪费在看似无用,自己却又很喜欢的事情上,内心该是宁静而欢喜的。
  就像此刻,我一个人坐在湖边。双手托腮,任清风撩起我的长发,吹起我的裙摆。
  我望着天空。天空是很纯粹的蓝色,像是一块干净的画布,没有一丝褶皱。白云若游丝一般迷离,在天蓝色的画布上,似海浪一般,向天空的尽头翻滚而去。

　　风儿掠过湖面，拂过柳梢。它把我身后的一片小竹林吹得沙沙作响，它让海棠花翩翩起舞，拥吻大地，它送来一阵一阵的花香，沁人心脾。

　　我喜欢这样的风。它是温柔的，轻轻地抚摸着我的脸颊。它是调皮的，你怎么也找不到你的具体踪迹。它也是善解人意的，悄悄带来远方的气息。

　　我伸出手，在风中缠绕。指间，有一丝熟悉的温暖，缓缓滚落掌心。我把它贴近耳朵，闭上眼，听风带来你的消息。

　　是你的想念吗？风起的时候，你是否也在天涯的某个角落，想起我。想起那个明媚的春天，我在疯跑，你在笑。

　　是你的守候吗？风落的时候，你还是不走，是在等待一个人吗？风里，有你的眷恋和痴念。

　　风，悄悄地诉说着，你的故事。我知，你也在期待风带去我的消息。

　　我起身，走到一颗樱花树下。粉红色的花瓣，一瓣包裹着一瓣，在风中轻歌曼舞。跳着跳着，许是累了，它飘落在我的肩上，带着柔软妩媚的气息。

　　我闭上眼睛，微微扬起下巴，张开双臂。我想和你，一起在漫步樱花雨中，虚度时光。

　　是的，生命中美好的时光，是可以用来虚度的。不去想生活的琐碎，不去想命运的无常，也不去想爱恨别离。

　　佛家有禅语说：和有情人，做快乐事，别问是劫是缘。

　　这世间，一切都是瞬息万变，什么才是永恒呢？我想，唯有爱，可以永垂不朽。

　　爱，是一束光。温暖自己，点亮希望。心中有爱，即使命如蝼蚁一般平凡渺小，也会充满力量。

　　爱，是"山无棱，天地合，乃敢与君绝"的坚贞。是"情不知所起，一往而深"的深情。亦是"愿得一人心，白首不相离"的陪伴。

　　我把落在肩上的樱花瓣，做成一枝花笺。以风的姿态求索，以云的形式舒卷，以花的香气缠绵。

　　我把顾城的一首小诗刻在上面：

　　　　草在结它的种子
　　　　风在摇它的叶子
　　　　我们站着，不说话
　　　　就十分美好

　　阳光温热，岁月静好。春天的风，吹来爱的种子。门前，是一片青草地，我们迎着风，等那颗爱的种子，落地生根，发芽开花。我们站着，不说话，就很美好。

　　风，依旧在耳边，私语呢喃。我不曾忘记风的存在，依然记得风居住的街道。那里，有我年轻的容颜，和你天真的甜言蜜语。

　　岁月的洪荒，冲淡了爱的痕迹。是风，将眼泪风干，把往事忆起。风中的守候，恰似初见你时，那份温柔。

　　听，清风又起，带来爱的消息。

遇见你，心生欢喜

缘起，我看见你从人群中走来。只一眼，便心生欢喜。

遇见，恍若一朵花开。低头，我便闻到了丝丝花香。

宁愿相信，是前世有约，让你我今生相遇。遇见你，我的生活有了明媚的气息。总是会不自觉得想起你明媚的笑，笑音消散了所有的烦恼。

心里，有了淡淡的思念。我在思念里期盼，在期盼里寂寞，在寂寞里沉沦。

我知，你是我今生的缘。茫茫人海里，不经意的一个回眸，便注定了携手一程的缘分。一份缘，要用一生来珍惜。

从此，我开始孤单想念。想你时，你在脑海。念你时，你在天边。

缱绻的情思，穿越时空和地域的距离。柔软的云端，带去我的相思。

是你，读懂了我的欲说还休。你轻轻叩开那扇心门，那里有水一样的柔情，莲一样的清幽。

你一点一滴地打捞着我所有的心事，有爱慕，有欣喜，有彷徨。更多的是，无处安放的心酸和凄凉……

这些，你都懂。像是读一本自己写的书，里面的每一个字，你都知道。每一句话，你都清楚。读着读着，你会低头沉思，会托着下巴望向远方。动情处，你也会落下晶莹的泪滴。

明明是初初相识，两人却像久别重逢的故人。一朝相识，仿若倾心已久。

遇见你，耗尽了我半生运气。从此，千山暮雪是你，清风朗月是你，雾里看花亦是你。

月下，把酒言欢。你说你的故事和经历，我听你一路走来的艰辛和不易。我说我想要去的远方，你说你要带我去流浪。

梦里，折一只小船，轻轻游荡。带着你的叮咛，我的思念，漂向远方。

可是，远方啊，除了遥远，一无所有。你的未来，是我抵达不了的远方。我们就像两条相交的直线，曾经越走越近。走着走着，便在某一个红尘渡口离散，越来越远，再也没有交集。

我在带露的清晨寻你，在日暮的黄昏等你。我穿越每一条河流，翻过每一座高山，只为再次遇见你。

人走茶凉，时间，荒芜了所有的等待。曾经的美好，薄如蝉翼，在纷纷扰扰的红尘里，不堪一击。

所有的结局早已写好，只等我，含着泪，一读再读。

岁月无涯的洪荒里，竟有一种铺天盖地的凄凉，才下眉头，却上心头。

不是所有的遇见，都是久别重逢。不是所有的相识，都能惊艳时光。不是所有的缘分，都能温柔岁月。

缘灭，我看见你向人群中走去。只一眼，再也找不到你的踪迹。

是你选择离我而去，是我选择放下执念忘记你。即使，有一天你再来到的眼前，我依然会笑着说一句：好久不见。只是心底，再无波澜。

树静，风止。此去经年，想起你，依旧心生欢喜。

如果有来生，我愿做一朵开花的树。每一朵花，都在静静守候你的归期。你不来，花不开。

待到花开枝头，我把花香撒落一地。告诉你，遇见你，我满心欢喜。

若，人生只如初见

人生，是一场盛大的筵席。初见时，总是热气腾腾，温情满满。

走着走着就散了，一个转身，茶已凉薄。曾经的美好，抵不过似水流年，物是人非。

安意如曾说："初初相识，人若孔雀，本能的尽极绚丽，礼貌羞涩着收敛脾气，绽放美好。而那些观者也大都怀着欣赏，暗暗叫好，怜爱有加。久已，孔雀颓累，羽翼渐退，间或，还会转身，留一光稀、褪色的突兀，逐生尴尬。生人如此，恋人之间也不能幸免。"

人生若只如初见，该多好。最初的相见，恰似春日里的桃花，娇艳而明媚。

汉成帝初见班婕妤，就被她的美貌和才情所吸引。纳入后宫，百般宠爱。班婕妤，诗词书画样样精通，也非常识大体，从不恃宠而骄。

后来，成帝有了新宠赵飞燕赵合德姐妹，班婕妤便成了秋日里的蒲扇，置之不理。

唐明皇初见杨贵妃。回眸一笑百媚生，六宫粉黛无颜色。长生殿里，信誓旦旦，卿卿我我。

马嵬坡上，为了江山，舍弃美人。初见时的怦然心动，变成了天人永隔的哀怨绵绵。

只缘感君一回顾，使我思君朝与暮。

初见，那年杏花微雨，甄嬛还是天真烂漫的小女子，一个人悠闲地荡着秋千。雍正说自己是果郡王。

初见，西湖断桥，细雨微蒙。白娘子下凡报恩，许仙还是一个懵懂无知的少年郎。

初见，祝英台女扮男装，与梁山伯在草桥亭上，撮土为香，义结金兰。两人相谈甚欢，一见如故。

人生若只如初见，初见惊艳，多希望再见依然。命运如同树枝间投下的光影，光怪陆离，斑驳交错，恍惚间，怎样都无法看清。

蓦然回首，刻骨铭心归于风轻云淡，缠绵悱恻变成了相顾无言，一往情深消散成水月镜花。

相濡以沫，不如相忘于江湖。有情不必终老，暗香浮动恰好，无情未必就是决绝。我只要你记着：初见时彼此的微笑……

"只是因为在人群中多看了你一眼，再也没能忘掉你容颜。梦想着偶然能有一天再相见，从此我开始孤单思念……"

十岁时，李健和孟小蓓初相识。十七岁，两人在长辈婚礼上再次相遇。宁愿相信，是前世有约，今生的爱情故事不会再改变。

正是在人群中多看了这一眼，两个人便缘定今生。李健进入清华后，她还在上中学，随后，也考入清华。慢慢地两情相悦逐渐走到了一起。

后来，这个女孩成了李健的妻子，李健也把这次遇见写进了歌里，"只是因为在人群中多看了你一眼，再也没能忘掉你容颜"，就是这首《传奇》。

第一眼，也许并不惊艳。第二眼，我的心微微动了一下。哪知，时日渐长，你的气息，便一丝一缕爬上我的眉梢。

初见，是白月光下的岁月温凉，是清晨第一滴露珠的晶莹剔透，是红玫瑰绽放的热烈深情。

我见到她之前，从未想到要结婚；我娶了她几十年，从未后悔娶她；也未想过要娶别的女人。

这是英国作家所描述最理想的婚姻状态，也是钱钟书与杨绛最真实的写照。

杨绛之于钱钟书是最美的妻，最才的女。钱钟书之于杨绛是灵魂伴侣，是一生挚爱，她说："我爱我的丈夫，胜过爱我自己。"

走过山川溪涧，走过夏风冬雪，走过田野荒漠，走过明灭的人间烟火。在岁月的琉璃之上，在红尘的喧嚣之外，把初见定格为念念不忘的曼妙风景。

学会珍惜，彼此懂得。愿后来的人生，永如初见。

因为懂得，所以慈悲

　　这世间，遇见爱，遇见情，都不稀奇。难的是，遇见懂得的人。
　　每个人的内心，都有一扇窄窄的门。里面住着沉默的秘密，你不愿说，别人也没有机会倾听。
　　那些说不出的秘密，也许是曾经的一段炙热的爱恋，感动也感伤。也许是一行眼泪，任由委屈流淌。也许是一份遗憾，在岁月的幽径里，徒生感叹。
　　莫言说，每个人都有一个死角，自己走不出来，别人也闯不进去。我把最深沉的秘密放在那里。你不懂我，我不怪你。
　　年少时的爱情，也多半是有关风月，无关懂得。就像《知否知否，应是绿肥红瘦》里面的小公爷元若，第一眼见到明兰，就彻底沦陷了。
　　他和她，都是彼此的初恋。初恋，美好得如窗前的一抹白月光。明兰是五品官员的庶女，元若是齐国公的独子，身份悬殊。明兰一直隐忍着自己的感情，不敢有非分之想。而元若，送菱角，送好笔，送瓷娃娃……
　　明兰一直都懂得元若的爱恋，即使有一天他被迫另娶她人，她也明白他的苦衷。

元若,小心翼翼地爱着,却不懂她的处境。他不明白,她从小在夹缝中求生存,是祖母的怜爱给了一丝光明。他的爱单纯而美好,发誓此生非明兰而不娶。明兰说,就算你最后不娶我,我也记得你今天的模样。

兜兜转转,她最后嫁给了顾廷烨。而他,才是最懂她的那个人。

他懂得她装傻充愣所掩藏的聪明智慧;他懂得她隐忍多年的委屈;他懂得她坚强外表下的脆弱;他亦懂得她的温婉善良。

世人都说,顾廷烨风流放荡。只有她,明白他一路走来的不容易,懂得他风流表象下的一往情深。

所以,故事的最后,是顾廷烨娶了明兰。他们的爱,没有缠绵悱恻,没有花前月下。有的,是彼此的懂得。

你懂得我的心酸委屈,我懂得你的寂寞悲伤。因为相识,所以懂得。因为懂得,所以慈悲。

爱,就爱得真挚。两个人,彼此融入到对方的生命里。因为彼此了解,所以宽容以待。因为相互懂得,所以慈悲为怀。这样的慈悲,比宽容更加深刻,是一种更加深切的爱。

因为懂得,遇到烦扰,会全心全意为对方着想。遇到误会,会用慈悲的宽容去理解。遇见悲伤,自己也会感同身受地心痛。

你不懂我,我不怪你。你若懂我,我便心生欢喜。你懂,或者不懂,爱就在那里,不增不减。你念或者不念,情就在那里,不悲不喜。

人生匆匆,我们总会遇到各色各样的人,也会遇到爱。张爱玲在《爱》中曾说:"于千万人之中遇见你所要遇见的人,于千万年之中,时间的无涯的荒野里,没有早一步,也没有晚一步,刚巧赶上了,那也没有别的话可说,惟有轻轻地问一声,噢,你也在这里吗?"

遇到此生真爱的那个人,便用一颗慈悲的心去懂得。迎着她星光一样的眸子,闪烁爱的光芒。

因为懂得,所以慈悲。

愿有岁月可回首，人生步步向前走

岁，是下山的夕阳。月，是人间的日月。岁月两个字，合起来便是：夕阳下山，明月当空。

岁月，听起来，有点缠绵。

兰站在窗口，听着小桃把齐衡赶了出去。他孤独地离去，她一直呆呆地现在原地，有点静好。像姹紫嫣红的花儿，像春风十里的柔情，像窗前的一帘幽梦，装点人生。

岁月的味道，有一点点甜，有一点点苦，有一点点酸，有一点点辣，有一点点咸。一点一滴，五味杂陈，组成了人间烟火最美的味道。

现世安稳，岁月静好。《时有女子》中说：我一生渴望被人收藏好，妥善安放，细心保存。免我惊，免我苦，免我四下流离，免我无枝可依。但那人，我知，我一直知道，他不会来。

没有人，是你一辈子的护花使者。滚滚红尘里，遇到了有缘人，便要努力珍惜。如果错过了，该遗憾就遗憾，该叹息就叹息。可以伤心，可以彷徨，哭过了，人生还是要向前看。

想起《知否知否，应是绿肥红瘦》里面的明兰和小公爷齐衡。才子佳人，情意绵绵。只可惜，家世悬殊，父母反对。

明兰说：他若不负我，我定不负他。而他为了避免两个家族陷于危难，违心娶了她人。情深缘浅，造化弄人。

明兰和顾廷烨订婚那日，齐衡登门拜访。明兰和祖母拒而不见。明，眼眶泛红。

丹橘对她说：小公爷对姑娘有心，姑娘你若是还放不下，就不必答应顾家那门亲事。明兰却看着黑夜说了一句：永远别向回看。

是啊，过去的感情再美好，也已经是过去了。人生，终是要向前走，向前看。

都说岁月是无情的，它偷走了我们的青春，磨灭了我们的爱情。我们在岁月的风雨里，颠沛流离。

然而，岁月也是有情的，只要我们学会珍惜。珍惜当下的时光，认真不虚度。珍惜眼前人，深情不辜负。即使岁月流逝，也是如花的模样，绝美绽放。

岁月，是大海中的一叶扁舟，即使风吹雨打，依然朝着既定的目标前行。岁月，是蓝天上的一朵白云，笑看人生起伏，淡定从容。岁月，是夜空里的一轮明月，盈缺有时，宁静致远。

转眼间，已是年末岁暮。岁月，在指间淡淡滑落。回首来时路，有遗憾，有失落，有痛苦。也有花开的喜悦，流水的的淡然。得失也好，成败也罢，重要的是保持阳光的心情。

无论何时，何境，学会做岁月的主人。白天，忙忙碌碌地工作，热气腾腾地生活。晚上，踏踏实实地睡觉，安安静静地期待明天。

世俗中浸泡地久了，岁月也有了沧桑的感觉。这，又有什么关系呢？懂得岁月的慈悲，把它过成一朵莲的模样，香而不妖，孤而不傲。

在岁月里，做一个懂得岁月的人吧。把它捧在手里，放在心上。把它敲落成一首首隽永的诗行，认真品读，慢慢品味它的味道。

它一定会教给我们智慧，让我们不卑不亢，不急不躁地过好属于自己的生活。

在岁月的年轮里，给生活一个微笑的理由，别让自己的心承载太多的负重。缘起缘灭，给自己一个温暖的方式：以风的执念求索，以莲的姿态恬淡。盈一抹温柔，绽放人生枝头最美的风景。

岁月深处，捻花，微笑。灯火阑珊，回眸处，那个相知相惜的人儿，一定纯真而美好。

新年已至，恰逢立春。回首，岁月已向晚，过去的就让它能风轻云淡。

愿有岁月可回首，人生步步向前走。走出柳暗花明，走出春暖花开。

愿时光，温柔以待

童话故事里，都有着圆满的结局：从此，王子和公主幸福地生活下去。年少时天真地以为，这才是爱情最美的样子，浪漫从此开始在生活里延续……

当有一天，步入婚姻，爱的激情冷却，才发觉：生活平淡十之八九，浪漫只是一二。

有时候，打败浪漫的不是时间，而是时间洗礼下的无聊和无趣。

女人，总有很多打发时光的方式：比如坐在一起八卦明星，扯扯东家长西家短，嗨聊时下流行什么衣服，什么发型。实在没啥说的，就聊自家的老公和婆婆。这也说完了，还可以喷喷调皮捣蛋的孩子。

这实在不是我喜欢的样子。罗曼·罗兰说："生活中最沉重的负担不是工作，而是无聊。"确实如此，深表认同。事实上，我宁愿做一个工作狂。但是有了孩子，牵制了我大部分的时间和精力，连正常工作都是奢望。

有时，看到别人逛逛逛，买买买，我也心里痒痒的。偶尔，狠狠心，把两岁的小宝宝丢在店里，挎个包奔向商场。仿佛一只刚出笼的鸟儿，迫不及待地想要逃离。

真正奔去了商场，那股子新鲜劲儿一过，就觉得索然无味。心里，开始七上八下地想我那可爱的小宝宝。商场越是热闹，我越是觉得陌生，许是太久没有出来逛过街了。

商场里，那些年轻貌美的姑娘，画着精致的妆容，穿着当下流行的时尚衣服，踩着各种高跟鞋，像是春天里翩飞的蝴蝶，流连于花丛中。

想起来，曾经我也这样肆意地潇洒过啊。

我也会在某个风和日丽的午后，约上无话不谈的闺蜜，画上淡淡的妆容，穿上漂亮的碎花连衣裙，挎着粉红色的包包，踩着白色的小跟鞋，去商场逛逛。

逛累了，去咖啡店找一个靠窗的位子，要一杯不放糖的卡布奇诺，加一点牛奶，轻轻搅拌。午后的阳光，透过半拉的窗帘，洒落在窗台的一束玫瑰花上。花儿舒展着笑容，阵阵馨香和明媚的阳光，缠绵在一起。

偶尔也会去电影院。选看的电影大多是文艺爱情片，缠绵悱恻，海誓山盟。心情也跟着主角的境遇起起伏伏，时而似阳春白雪般明媚，时而似落入低谷般撕心裂肺。

电影散场，我把一天的充实和疲惫，打包塞进黑色的夜里。路边的街灯闪着微弱的光，我们伴着城市里看不见的月色各回各家。

而现在呢，所有的潇洒自由还有那夜深人静的孤独，都随婚姻生活燃于笔纸。留下的，只有一地的凌乱和琐碎。

没有心情去逛街，没有时间去旅游，没有闺蜜陪着看电影。但我不能把自己淹没在无聊又无趣的生活里，任凭自己苦苦挣扎，越陷越深……

逛不了街，就陪着儿子在小区里晒晒太阳，散散步。看一朵花在风里舞蹈，听一颗小草在雨里呢喃。还有，一只小蚂蚁，在慢悠悠地觅食。

喝不了咖啡，就来我们自己的茶馆，品一盏清茶。看茶叶在杯里浮沉，像极了我们的人生。拿起又放下，一盏茶，品茶亦是品人生。一壶茶，可慰风尘，可抵十年尘梦。这，是我的工作，也是我的爱好。

去不了电影院，等晚上把宝宝哄睡了之后，在电视上选一部自己喜欢的电影，缱绻在沙发里。让每一个情节，在安静的夜色里，弹奏出最温馨的乐章。

没有闺蜜陪自己吐槽，就自己读读书写写文。一字一句，一句一行，有着化骨绵掌的力量，将那些糟糕的情绪一一打败，消散在无言的风雨里。文字，让我变得更加从容，更有力量。

结婚之后，才真正开始进入柴米油盐的平凡生活里。洗手做羹汤，平淡无奇的日子，也散发着人间烟火最真实的温馨。这，才是最接地气的浪漫。

每次看到小宝贝开心地吃着我做的家常饭菜，总有一种莫名的感动和满足。陪着他笑，陪着他闹，看着他一步步健康快乐地成长，忽然觉得岁月悠悠，待我并不薄。

那些普通的日子，被我一针一线缝进岁月的衣角。左手人间烟火，右手读书品茶。心里头，还有深深爱着我的娃。

婚姻，虽然少了点无拘无束的自由，却让我更有责任感，更能体会家庭生活的爱和温暖。喝茶读书，闲暇时光写写文，时光深处，开出静谧的花来。

夏天树荫下的秋千架，秋天碧空里断线的风筝，冬天雪地上重合了的脚印，春天微风中飘扬的黑色长发，都可能是漫长岁月的一个韵脚。

做一个良善的人，不辜负生活里每一个细小的感动。做一个淡然的人，不争不抢，不浮不躁，你想要的，岁月都会给你。做一个知足的人，岁月优渥，不曾亏待于你。

愿时光，温柔以待。

时光缱绻，岁月生香

我喜欢每一个落日黄昏。

夕阳的余晖洒在苍穹的尽头，橙红色的晚霞温柔了天空的轮廓。晚风吹乱了我的发稍，拂过我的脸颊。

此刻，心是寂静的。在时光的缝隙里，我看到一片片光影，斑驳陆离，在嫩绿色的叶子上，跳跃着，闪烁着。

我就这样淡然地，坐在一颗古老的大树下。干枯的枝干上，褐色的虬枝旁，抽出翠绿色的新芽。

我披着一身柔软的橙黄色的光晕，像是一位深谙世事的老者，独自垂钓。排遣时光里的孤独寂寞，享受生命里片刻的宁静欢愉。

时间如海，我想要剪掉多余的浪花。让时光慢下来，寻找生活中隐匿的诗意。

透过时光的缝隙，我偷偷地叩开一扇门，像是走进一个陌生的故里。那里时光缱绻，岁月生香。走在青石向晚的街道上，和每一个路过的人打招呼，熟悉又陌生。

有时我会在心里默默猜想，遇见的每一个陌生人，他们过着怎样的生活，经历哪些故事，有着什么样的感情呢？

美国作家杰克·伦敦说："我宁愿做一闪而过的流星，每一个原子都壮丽地发光，也不愿做永恒沉睡的行星。人的使命是去生活，而不是仅仅存在着。"

在这样一个风轻云淡的日子里，我把脚步放慢，静下来，与自己相约一场，与每一个陌路人久别重逢。

时光素简，恍若烟火尘世里，一朵清幽的莲，寂然欢喜，暗自生香。不如，撷取一颗淡雅之心，安静的盛开吧。愉悦自己，芬芳别人。

时光易老，人心易变。我只想让日子慢一点，再慢一点。让阳光暖一点，再暖一点。

即使生活冷若风霜，即使命运颠沛流离。我只愿你，在这个浮沉嘈杂的俗世，遇见温暖，感受真情，就像沐浴夕阳温柔的光芒。

这世间，已经有太多苦难。天灾人祸，谁也无法预料。所以啊，一定要珍惜时光，不要吝啬善良。无论是身边的亲人朋友，还是素未谋面的陌生人，你的温暖善良，或许真的可以照亮别人的希望，闪耀着熠熠生辉的光芒。

生活没有那么糟糕，世界没有那么薄凉。铭记每一个感动的瞬间，愿你一直善良，愿你温柔对待每一天的生活。

一路走来，我也曾经经历过很多令人感动的温暖时刻：有时是坐公交车忘带零钱，陌生人替我刷卡的瞬间；有时是在情绪崩溃的夜晚，独自蹲在路边默默流泪时，过路人递来纸巾的温暖；有时是突然大雨倾盆，素不相识的人从背后递过来的一把伞……

那种温暖的感觉，就像此刻，夕阳的余晖照耀着我。那是一种宁静而不刺眼的光芒，柔软且感动。

海子的《面朝大海，春暖花开》里说：陌生人我也为你祝福，愿你有一个灿烂前程，给每一条河每一座山取个温暖的名字，愿你有情人终成眷属，愿你在尘世获得幸福，我只愿面朝大海春暖花开。

  面朝大海，春暖花开。也许，这便是时光深处，最缱绻最温柔的诗意吧。珍惜每一寸光阴，善待每一份善良。

  流年似锦，光阴不负。愿所有的幸运与你不期而遇，愿所有的善良与你如约而至。

  时光缱绻，岁月生香。愿你善待自己，亦被这个世界温柔以待。

  愿你眼里有光芒希望，心里有日月星辰。愿你温暖前行，向阳而生。

情人节，那些美到骨子里的情话

有人的地方，就有江湖。有江湖的地方，就有儿女情长。今天，2月14日，是2018年的第一个情人节。情人节，你有心动的那个人的吗？有没有准备好表白的情话呢？

有的情话温婉动人，有的情话热烈奔放，有的情话脉脉含情，有的情话坚若磐石……这么多的情话，总有一句适合你。

一、情不知所起，一往而深。

"情不知所起一往而深"这句话出自明代的汤显祖的《牡丹亭》题记，意思是他的情在不知不觉中激发起来，而且越来越深。

这句话，本意是说杜丽娘对自己情郎的一往情深。梦见自己的情郎，相思成疾，一病不起。逝世三年后，又在冥冥之中寻得梦中情郎，死而复生。生可以死，死亦可以复生，如此情深，才是感情的极点。

现在这句话，一般用来表达自己不知不觉喜欢上了某个人，而且越陷越深。

二、斯人若彩虹，遇上方知有。

这句话出自电影《怦然心动》。世人万千种，浮云莫去求，斯人若彩虹，遇上方知有。

总有一个人的出现，惊艳了时光，温柔了岁月。只是在人群中多看了你一眼，那一眼就足矣让我怦然心动。遇见此生钟情的那个人，你会原谅之前所有的辜负和等待。

三、你的过去我来不及参与，你的未来我奉陪到底。

出自余秋雨的《千年一叹》。每个人都有自己的过去，我们都是彼此过去岁月里的陌生人。你的过去，我来不及参与。但是遇见你之后，我愿意为了你的幸福拼尽全力。你的未来，我奉陪到底。

这样的情话，温柔且有力量，大都是男生说给心动的女孩子。不管你的过去如何，我都不介意。但是你的未来，有我陪伴，许你一世春暖花开。

四、阳光温热，岁月静好，你不来，我怎敢老去。

第一次看到这句话，以为是张爱玲写的。后来查阅了资料才知道，这是胡兰成写给张爱玲的诗。他终究是爱过她的。

喜欢这句情诗里的意境和感觉：现世安稳，岁月静好。阳光温热，微风正好。如此美好的画面，只等你来入境。等风等雨只为等你，你不来，我不敢老去。

知道你会来，所以我等。这样温婉的情话适合文艺范的表白，也适合试探性的表白。

五、我的眼里有星河，喜你成疾，无药可医。

已经记不清楚是在哪里看到的这句话，到现在还记得。这样炽热的表白，应该属于热恋期吧。喜欢你，已经深入骨髓，无法自拔。一日不见，如隔三秋。

如果喜欢你是一种病，我想，我已经无药可医，也不想用药来医。

六、醒来觉得甚是爱你。

《醒来觉得甚是爱你：朱生豪情书集》是中国著名诗人、翻译家朱生豪的情书精选集。朱生豪自1933年与宋清如相遇，至1944年英年早逝，十年之中，鸿雁不绝，留下了数百封情感真挚、文笔高妙的情书。

这句情话，简直可以秒杀所有的情话了。有相知相伴烟火气，又有心有灵犀的倾慕与欣赏。这些都不够，我还要，更爱你。

七、山有木兮木有枝，心悦君兮君不知。

如果你喜欢他，却又猜不透他的心思。那么，这句情话，再合适不过了。

八、两情若是久长时，又岂在朝朝暮暮。

出自宋代秦观的《鹊桥仙·纤云弄巧》。只要两情至死不渝，又何必贪求卿卿我我的朝欢暮乐呢。

现在这句情话大多用于异地恋。只要两个人的感情坚不可摧，距离和时间又算得了什么呢？

九、春水初生，春林初盛，春风十里不如你。

出自冯唐。春天的绿水刚刚上涨，叶子冒出嫩芽，林子清幽，十里春风旖旎，却不如你面若桃花！

情人眼里出西施，纵是良辰美景，没有你也是一片荒芜。春意无限美好，却比上你看到我时，嘴角微微上扬的笑。

十、死生契阔，与子成说，执子之手，与子偕老。

出自《国风·邶风·击鼓》，愿意是：一同生死不分离，我们早已立誓言。让我握住你的手，同生共死上战场。

如今，这句话早已被演绎为浪漫的爱情誓言。我能想到最浪漫的事，就是牵着你的手，慢慢变老。这也是每个人都向往的爱情结局。

情人节，愿天下有情人终成眷属，愿得一人心，白首不相离。

第三辑　相思，莫相负

当爱已成往事

"往事不要再提，人生已多风雨……"每次听到张国荣的《当爱已成往事》，总会莫名地伤感。

初闻不知曲中意，再闻已是曲中人。一曲肝肠断，天涯何处觅知音。曲中曲，人中人，曲终人散，爱也成空，恨也成空，一切恍然如梦。

缘来缘去缘如水，情缘已逝，如梦初醒。为何泣不成声，为何悲伤到不能自已，我只隐约听到，你哽咽地说，还想再回到过去。

有的人，原本相爱，爱到最后，却是不能爱。明明不能爱，却是深爱。爱在心底，口难开。

两个人，初初相识。彼此欣赏，相知相惜。缘分，撞在爱的心怀。曾经的花前月下，海誓山盟，终抵不过似水流年。

不是不爱了，有时候，是爱的更深了，深深地刻在心底。

会在一首歌里想你，会在某个咖啡馆念你，亦会在午夜梦回惊醒，追寻你的足迹。

也许，今生不能相依相守，今世无法再续前缘。但那个人依然住在心底，那份情埋藏在岁月深处。今生今世，执手相看泪眼，再也无人能及，无情可替。

深入骨髓的爱恋，终究成了黄粱一梦。当爱已成往事，只能装作云淡风轻，学会转身。人生几多风雨，真的要断了过去，明天还要继续。

《霸王别姬》里的程蝶衣，他一直深爱着他的师哥段小楼，欣赏他，崇拜他，依赖他。他没有别的追求，只想和段小楼演一辈子《霸王别姬》，少一天都不行。

而段小楼，自始至终，都只是把他当做自己的师弟。他娶妻生子，也和他的关系渐行渐远。

程蝶衣，早已为爱目眩神迷。他一直沉溺于两个人的往事里，无法自拔。是的，纵然爱已成往事，他被伤得体无完肤，却始终无法忘记他。

在爱面前，程蝶衣从不曾离去，他对自己无能为力。

红尘中的痴男怨女，有多少个程蝶衣，爱到泪眼朦胧，不能自已。

之前听过一个真实的故事：一个男孩儿和一个女孩儿相恋七年，从大学毕业到参加工作，两人相互扶持。却在谈婚论嫁的年龄，遗憾地分手了。

男孩儿一直保持着单身，后来听说女孩儿要结婚了。他自己开着车，跟着婚礼车队，一路撕心裂肺地痛哭着。

默默送了七公里，女孩儿发来一条信息说：对不起，就送到这里吧。男孩儿把车开到马路边，停了下来，号啕大哭。他目送着车队越来越远，再也看不见……

爱得痛了，痛得哭了。不如，就把往事留在风中，风干思念的泪滴。

当爱已成往事，不管当初爱得有多么难舍难分，终有一天，会在岁月的流转中，慢慢习惯，学会适应。曾经的痛亦会消失得无影无踪，了无痕迹。

爱过才知情重，醉过方知酒浓。爱和被爱都是幸福的，拥抱过去的温暖，凝视玫瑰凋谢的温柔。

爱过，并不一定要拥有，只要记得曾经的美好。也许某年某月某一天的某个下午，阳光下的他，会眯着眼想起某个美好的瞬间，会心一笑。一切，都是值得的。

当爱已成往事，学会放下吧。有时候，你紧紧握在手心里的，不一定是拥有的。而你现在拥有的，也不一定是刻骨铭心的。

人生，要学会舍弃。放弃的时候，也是在重新获得。睿智的人，懂得放弃。豁达的人，懂得牺牲。幸福的人，懂得珍惜。

爱已去，情难舍。即使如此，也不要抱怨，亦不要悔恨，只要爱过，就不要破坏曾经的美好。多一点理解，多一点尊重，多一点祝福吧。

当爱已成往事，请依然相信爱。活得自信一点，阳光一点，珍惜身边你爱的人和爱你的人。

在合适的时间，合适的地点，出现在身旁的那个人，也许是最适合你的那个人。

曾经的爱早已在过往的云烟里，风干了泪痕。当爱已成往事，珍惜身边正在陪伴着你的那个人吧。因为，最深情的爱，是陪伴。

相濡以沫，不如相忘于江湖

《庄子》里有一个故事：泉涸，鱼相与处于陆，相呴以湿，相濡以沫，不如相忘于江湖。

海枯石烂，泉水干涸。两条鱼未能及时离开，被困于陆地的小洼。为了生存，两条鱼儿相互吐沫来润湿对方。这样的情景也许令人感动，但是对于鱼儿而言，最理想的情况是，回到大海。即使在大海里自由游曳，它们忘记了彼此。但那里，依然是最适合它们的天地。相濡以沫，不如相忘于江湖。

相濡以沫，也许是一种感动。而相忘于江湖，则是一种境界。在适合自己的地方，用适合的方式，好好地生活。

放弃，是一种洒脱。放下，是一种解脱。相忘于江湖，更需要坦荡、淡泊的心境。能够忘记，能够放下，也是一种幸福。

故事里的最后，海水终要漫上来，鱼儿终要回到大海，两两相忘。红颜弹指老，刹那芳华逝，与其恋恋不舍，纠结不堪，莫若相忘于江湖。

想起巩俐和张艺谋。

初初相识，她二十二岁，是中央戏剧学院的学生。他三十七岁，是当时优秀的摄影师。

那时的她，就像一块璞玉，在他的雕琢下，她的灵秀，她的悟性，她的魅力，被充分发掘出来。

他们合作的八年，是珠联璧合的八年：张艺谋在电影界成为炙手可热的导演。巩俐跻身世界级影视明星。

他们相得益彰，彼此成就，成为世界影坛最耀眼的明星情侣。她喜欢他，欣赏他，迷恋他。他亦如此。

就像朱苏进《爱情》里描述的那样："异性之间的崇拜、喜欢、欣赏……容易导致爱情，也容易被自己错认为是爱情。崇拜居于爱情之上，喜欢居于爱情之下，欣赏居于爱情之畔，它们都不是爱情。但是爱情一旦发生，能够将它们囊括其中。"

错误的时间，错误的地点，都可以遇见爱情，但婚姻则需要恰逢其人，适逢其时。

巩俐，也曾想要一纸婚约。而张艺谋内心深知，巩俐并非传统的中国小女人，即便有一时决心，但她终究会拥有自己更为广阔的格局与天地。

爱情里，相互成全。婚姻，却需要一方的妥协和牺牲。他和她，看尽世间繁华，却走不进相濡以沫的婚姻。

他们，轰轰烈烈地开始，最后黯然收场。彼此，相忘于江湖。这何尝不是另一种成全？

她错过了他，并没错过爱情。他放下了她，并没有放弃婚姻。他们，在自己的世界里，深情地活着。而对方，依然是心口的朱砂痣，头顶的白月光。

也许有的爱情与幸福无关，也许这一生最终的幸福，与心底最深处的那个人无关，也许将来的某一天，我们会牵着另一个人的手，细数静水长流，把所有的风景都看透。

我们也曾深深地爱过某个人。爱的时候，花前月下，缠绵悱恻。把朝朝暮暮当作天长地久，把缱绻一时当作深爱一世。

爱着爱着，便想完全地拥有。奢望执子之手，与子偕老。奢望微笑向晚，携手共阑珊。

当有一天，不得不分离。终于明白，一个人总要走陌生的路，看陌生的风景，听陌生的歌。然后在某个不经意的瞬间，你会发现，原本费尽心机想要忘记的事情，真的就这么忘记了。

原来，天长地久是一件多么可遇不可求的事情，幸福是多么遥不可及的梦。

于是，学着看淡，学着不强求，学着深藏。把你深深埋藏，藏到红尘的烟火触及不到的地方。把感情深深埋藏，藏在岁月偷走的记忆里。

最后的最后，自己已然通透，拿得起，也放得下。那个曾经为爱痴狂的自己，与岁月的深情，握手言和。有的人，相濡以沫，可以相伴到老。有的人，只能相忘于江湖，默默祝福。

相见不如怀念，怀念不如不念。有时候，相濡以沫，不如相忘于江湖。

婚姻，是一场修行

对于女人而言，这是一个最好的时代。这个时代的女人比历史上任何一个时代的女人都要幸运：可以追求爱情，可以追求梦想。

当然这也是一个最坏的时代。这个时代，赋予女人各种权利的同时，也有各种压力如影相随。

社会上，衡量一个好男人的标准，是事业成功。仿佛，这个男人，只要功成名就，其他的就可以忽略不计。

然而，女人却不同。

好女人要上得厅堂，下得厨房。要像男人一样努力工作，挣钱养家，还车贷房贷。还要像如慈母一般，操劳家务，养儿育女。

很多结婚了的女人，要照顾一家老小，根本没有时间和精力投入职场。活生生，被逼成了家庭主妇。

家庭主妇，是这个时代最高危的职业之一。做了家庭主妇，生活就很容易局限在家庭琐事，眼界和思想格局，和之前的职场生涯，完全不可同日而语。

当一个人的格局缩小，就容易斤斤计较。目光所及之处，不过如井底之蛙，坐井观天。而此时的男人呢，也许正春风得意须尽欢呢。格局和地位，已经不对等，家庭矛盾，一触即发。

如果男人，比较有责任心，愿意理解和包容自己的妻子，妻子也相信和尊重自己的丈夫，婚姻还可以平淡地继续下去。毕竟，当初走到一起，结为琴瑟之好，也是希望能够和谐幸福的。

倘若，妻子变得胡搅蛮缠，丈夫变得自私冷漠。那么，两个人就真的同床异梦了。继续凑合，委屈自己，也为难对方。果断分离，又怕伤害了父母和孩子。婚姻至此，就像一个巨大的牢笼，困着彼此，消耗着爱和能量。

人生，本就是一场修行。婚姻，又何尝不是一个修行的道场呢？

好的婚姻，能够成就更好的自己。伴侣就像自己的一面镜子，里面映射出自己喜欢的，害怕的，讨厌的，憧憬的一切风景。

你喜欢伴侣的诚信踏实，这也许也是他最初吸引你的品质。你害怕伴侣嫌弃你，抛弃你，也许是你自己不够自信，没有安全感。你讨厌伴侣对你指手画脚，大声吆喝，也许是你渴望得到理解和尊重。

你一直憧憬着，伴侣能够认真地爱你，懂你的付出和不易，好好疼惜你。其实，与其等待爱，不如自己先学会爱自己。

在婚姻的道场里，好好修行，遇见更好的自己。爱自己，也让自己值得被爱。

爱一个人最好的方式，是经营好自己，给对方一个优质的爱人。不是拼命对一个人好，那人就会拼命爱你。俗世的感情难免有现实的一面：你有价值，你的付出才有人重视。

婚姻的实质，是两个人相爱相知，相互扶持，携手共进，共同经营。所以，婚姻里，一荣俱荣，一损俱损。

婚姻里的爱，其实更现实更理智。没有花前月下，也没有海誓山盟。

但更多是细水长流的陪伴，平凡真实的慰藉。

所以，如果婚姻里的两个人，能够多一些理解，包容和尊重。那么，爱自然会在一地鸡毛的生活里，开出花来，带着俗世的温暖和馨香。

女人，多给男人一些崇拜，告诉他，你相信他，支持他，理解他。当他痛苦时，扶着他的肩膀告诉他：别怕，有我陪在你前边。当他落难时，不指责，不抱怨，不为难，做他避风的港湾。告诉他，你知道他的冷暖，懂得他的悲欢。

男人，多给女人一些疼爱，哪怕是很小的事，买个早餐，送个礼物，出门前的一个拥抱，睡觉前的一句晚安。让她感受到你的爱，如果感受不到，就说出来。一句"我爱你"，足以让女人心潮澎湃。

婚姻里，不要去争辩对与错，不要去计较得与失。多一些付出，少一些索取。多一些尊重，少一些控制。多一些理解，少一些猜忌。多一些信任，少一些怀疑。多一些温暖，少一些刻薄。

婚姻，并不是爱情的坟墓。婚姻，也可以是爱情的升华和延续。

婚姻，是一场修行。在婚姻的道场里，愿你兜里有钱，活得自立且骄傲。愿你心里有爱，活得幸福且美满。

浅浅喜，深深爱

  如果说，岁月是四季变换的流年。那么，爱便是岁月的纸鸢上，盛开的花儿。
  一朵朵，深情款款。一瓣瓣，顾盼生姿。有的热情奔放，有的端庄娴雅，有的孤傲清冷。就这样，盛开在光阴的故事里。
  年少的时候，喜欢花，尤其喜欢全然绽放的花儿。花开嫣然，嫣然百媚。像极了从诗词里走出来的女子，巧笑倩兮，美目盼兮。
  可我知，再美的花儿终要凋落。如同那些迟暮的美人，在历史的长河里，零落成泥。
  也许，花未全开，才是最好的状态。
  半开的花儿，仿佛是羞涩的少女，犹抱琵琶半遮面。柔软的风抚摸着它，细细的雨滋润着它，就连阳光都格外疼惜它。
  好花半开，美酒微醺，是一种唯美的状态，也是感情世界里最撩人心弦的时刻。
  花未全开，盛开则败。月未全圆，全圆则缺。人生最美好的境界，都在将满未满的期许中。

喜欢一个人，这样的感觉和状态，就像是半开的花儿。喜欢，只是淡淡的欣赏，淡淡的想念。想起她披肩的长发，想起她那一低眉的温柔，想起她回眸时的娇羞。想起她，心里就会甜甜的，酸酸的，软软的。

喜欢，远没达到爱的程度。喜欢是三月里抽出的新芽，四月吐蕊的花。一切都是欣欣然，懵懵懂懂的样子。

爱则是七月的狂风暴雨。爱，来得如此热烈，任谁都无法阻挡。爱就爱了，每个人都觉得自己的爱，是独一无二的，是惊天动地的。哪怕身边的朋友亲人反对，也要为爱痴狂。

只是，爱着爱着，人就有了执念。一念起，贪嗔痴怨，爱便有了纠缠，落寞和绝望。该离去的终会离去，该重逢的还会再重逢。只是岁月里乱红飞舞，所情所感，早已是另一种心境。也许熟悉，也许陌生，也许相依，也许背离。

道是无情却有情，情到浓时情转薄。

狂热只在一时，淡淡的想念与喜欢却可以是一世。不求拥有，但求陪着你走，隔着天涯海角的距离，我依然相信你可以感觉到一份淡淡的祝福，一种莫名的情愫。

如果喜欢达到了极致，就像花儿一下子绽放了。那么灿烂，那么娇艳，放不下，舍不得，那便是爱了。

爱极而衰，情到浓时情转薄。不是真的情淡了，而是更深了。深不见底，却不再外露了，变得从容淡然。只是当偶尔提及，心中依旧波潮澎湃，脸上却是面无表情的释然。

雪小禅说：

浅喜深爱，如果我选择，我选择喜欢，因为喜欢更长久，更绵延，更适合一个人暗自留恋，不张扬，不对抗，只是默默在一边，它不够彻底不够过瘾，但如果和时光抗衡，它一定是化骨绵掌，这千山万里路，只有喜欢，只有喜欢可以浩浩荡荡走下去呀。

浅浅的喜欢，就像含苞待放的花儿，兀自芬芳，永远怀有美好的期待。爱，则是喜欢到极致，绽放的花蕾。如果爱，就深爱，哪怕此爱隔山海。因为再深刻的爱，也经不起辜负和等待。

人间自是有情痴，此恨不关风与月。如果深爱一个人，即使没有风花雪月，也会穿越时光的尘埃，一直陪伴到老。

浅浅喜，深深爱。愿有人喜欢你眉眼如初，有人爱你情深入骨。愿鲜衣怒马，有人陪你仗剑天涯。愿繁华落尽，有人陪你细水长流。

愿有岁月可回首，且以深情共白头。

陌上花，相思扣

有的人，走着走着就散了，还没来得及好好珍惜，就走向了分叉的路口。

时光匆匆，红了樱桃，绿了芭蕉。岁月的渡口，你有你的方向，我有我的目标。

那些曾经无话不谈的朋友，在时光流转中，沉默着，渐行渐远。我终是没有明白，是我没有好好珍惜，还是你没有将我想起？

山一程，水一程，山和水寂寂无声。风一更，云一更，风和云漠然相逢。

红尘陌上，花开嫣然。只是，和你我，再无瓜葛。一念起，相思入骨。采撷一把红豆，熬成缠绵的伤口。

有些人，一直有机会见，却没有去见。等到有一天想去见的时候，已经见不到了。

有些事，一直想去做，却总是找借口推脱。等到有一天鼓起勇气和信心去做的时候，已经没有机会去做了。

有些情，一直埋藏在内心深处，想要诉说，却一直没有倾听的人。

等到有一天有人想听了，自己却已经说不出口。

有些爱，一直徘徊在心头，说不出口。等到有一天想说的时候，爱早已消散在岁月的云烟里。

相见不如怀念，怀念不如不念。

终于明白，有些路，只能一个人走。那些曾经相约同行的人，走过花季，走过雨季，但终有一天，会在某个红尘渡口离散。

时光安然，岁月无恙。微风拂过衣襟，青云打湿诺言。山和水不再相逢，云和月两两相忘。

停留是刹那，转身即天涯。

邂逅一个人，只在一瞬间。爱上一个人，往往是一生。在对的时间爱上错的人，是心伤。在错的时间爱上对的人，是遗憾。只有千帆过尽，在对的时间爱上对的人，才是细水长流的幸福。

一个人，等待一场姹紫嫣红的花事，是幸福。和喜欢的人，在万丈红尘里一起逐梦是幸福。守着心爱的人，和时光一起慢慢变老，素茶清欢亦是幸福。

等风等雨也等你，你还不来，我怎敢老去？只愿，待陌上花开，执子之手，缓缓归矣。

徐志摩说：一生至少该有一次，为了某个人而忘了自己，不求有结果，不求同行，不求曾经拥有，甚至不求你爱我，只求在我最美的年华里，遇到你。

缘分，是很奇妙的东西。有缘的人，即使隔着千山万水，也终有一日会相逢。无缘的人，即使近在咫尺，也是形同陌路。

遇见爱，遇见别离，所有遇见，都为久别重逢埋下伏笔。

如同陌上花，遇见欣赏的人。如同相思扣，遇见珍惜的人。

花开一季，优雅绚烂。我只愿，采撷最柔软最素雅的一朵。红尘陌上，且听风吟，且闻花香，且把相思刻在眉骨心上。

喝茶读书，不争朝夕。只闻花香，不谈悲喜。

晚来天欲雪，能饮一杯无？

  昨天还是纷纷扬扬的大雪，漫山遍野，都披上了一层皑皑的白衣。还没来得及好好感受雪中漫步的惬意，今天阳光便偷偷探出了脑袋。

  下午时分，路上的积雪已然融化。不远处的几颗松树，依然披着一身绿衣裳，泰然自若地立在瑟瑟寒风中。昨天还是大雪压顶，它挺直着背脊，托着一团团雪花，形成一幅美丽的风景。而今天，它抖落身上的雪片，又神清气爽地立在天地间。

  走着走着，一阵暗香幽幽袭来。我回头，看到一株黄色的腊梅，蜡黄缀雪，迎寒而开。我走近踮起脚，闭上眼，轻嗅。浓香清冽，沁人心脾。它像是一束温暖而不刺眼的光芒，点亮遗世独立的清欢。哪怕朝如青丝暮成雪，哪怕朱颜辞镜花辞树，依然伫立于瑟瑟寒风，低吟浅唱。

  走在城市的街道上，看远处一排排，一栋栋的格子房，不晓得里面正在上演什么样悲欢离合的故事。马路上，汽车的鸣笛声此起彼伏。车水马龙，人潮拥挤，谁与谁携手并肩，谁与谁一别两宽？匆匆奔赴，匆匆别离。

夜幕低垂，暮色四合。没有落霞与孤鹜齐飞的壮阔，没有月上柳梢的景致，没有把酒东篱的雅兴，亦没有佳人相约黄昏后。

偶尔，采撷一捧未融的雪花，看它在指间跳跃，在手心舞蹈。想起白居易的一首诗《问刘十九》：

绿蚁新醅酒，红泥小火炉。
晚来天欲雪，能饮一杯无？

这是诗人晚年隐居洛阳，天晚欲雪，思念故人所作。我家新酿的米酒还未过滤，酒面上泛起一层绿泡，香气扑鼻。用红泥烧制成的烫酒用的小火炉也已准备好了。天色阴沉，看样子晚上即将要下雪，能否留下与我共饮一杯？

每次读到"晚来天欲雪，能饮一杯无？"内心就喜欢得紧。寒冬腊月，暮色苍茫，风雪大作，家酒新熟、炉火已生，轻声细语，只一句，能饮一杯无？所有的温情，满腹的期待，跃然纸上。

可以想象，当友人收到这样一份请帖，一定会欣然前往。两位朋友围着红色的诗意的小火炉，"忘形到尔汝"地斟起新酿的绿酒来。也许室外真的下起雪来，但室内却是那样温暖、明亮。生活在这一刹那间泛起了玫瑰色的馨香。

华灯初上，夜色朦胧。当城市的街灯次第亮起，一个人的黄昏显得有些落寞。这样寂静的夜晚，约上三五好友，适合温一壶浊酒，举杯话桑麻。或者泡一盏清茶，聆听呢喃的情话。

如若不能喝酒，坐下来喝杯茶也是极好的。喝的是一份生活的热爱，温的是久别重逢的情谊，品的是淡然从容的心境。

周作人曾说，喝茶当于瓦屋纸窗之下，清泉绿茶，用素雅的陶瓷茶具，同二三人共饮，得半日之闲，可抵十年的尘梦。

信步走进一间茶室。不必豪华，雅致即可。约上倾心的友人，焚上一支香，平心静气。泡上一杯茶，茶烟袅细香。听一曲古典的轻音乐，余音绕梁。天色渐晚，寒意袭来，你从天涯的一角走来，我在茶室的一隅静候，晚来天欲雪，能饮一杯无？

　　大雪已至，亲爱的朋友，你在哪里？青春散场，兵荒马乱。带着各自的追求，奔走在追梦的旅程。一程山水一程烟雨，何处是归途，何时再相逢？

　　煮一壶月光，一半入酒的浓烈，一半入茶的清欢。现世安稳，岁月静好。不问别离，不诉离殇。

　　唯有深深地祝福你，远方的友人。待下一场大雪纷飞，我们一起围炉夜话，饮一场宿醉。

我喜欢你是寂静的

我喜欢你是寂静的,仿佛你消失了一样。
你从远处聆听我,我的声音却无法触及你。
好像你的双眼已经飞离远去,
如同一个吻,封缄了你的嘴。
如同所有的事物充满了我的灵魂,
你从所有的事物中浮现,充满了我的灵魂。
你像我灵魂,一只梦的蝴蝶,
你如同忧郁这个字。
我喜欢你是寂静的,好像你已远去。
你听起来像在悲叹,一只如鸽悲鸣的蝴蝶。
你从远处听见我,我的声音无法企及你。
让我在你的沉默中安静无声。
并且让我借你的沉默与你说话,
你的沉默明亮如灯,简单如指环。

你就像黑夜，拥有寂静与群星。
你的沉默就是星星的沉默，遥远而明亮。
我喜欢你是寂静的，仿佛你消失了一样，
遥远且哀伤，仿佛你已经死了。
彼时，一个字，一个微笑，已经足够。
而我会觉得幸福，因那不是真的而觉得幸福。

第一次读到聂鲁达的这首诗，就莫名地喜欢，忍不住读了一遍又一遍。

我们都是小人物，渺小如尘埃，寄蜉蝣于天地。然而，谁也不能否认，当年的我们，曾真真切切地爱过。

红尘陌上，世事苍凉。我们相知相守相依偎。一念之间，爱即是天涯海角。三年五年，便是一生一世，不离不弃。说好的相濡以沫，却最终相忘于江湖。

彼时，我还年少，你也未老。只因在人群里多看了你一眼，一眼万年。从此，你成了我命定的劫数。我画地为牢，走不出。

即便多年以后，你早已离我远去，像一只梦的蝴蝶，在沉默中安静无声。我依然相信，当年的你，是爱过我的吧。

我想起你的微笑，像星星一样沉默，遥远而明亮。你说，你喜欢看着我笑，只要看着我就好。

那时候，我并不是一个爱笑的女孩。我孤傲清冷，敏感倔强。我不喜欢欠别人的人情，却越来越依恋你的照顾。我不相信任何的情话和誓言，却在你温暖的怀抱里慢慢沉沦。我坚强独立，却在爱上你的那一瞬间，丢盔弃甲，有了软肋。

我害怕，彷徨，却又欣喜甘之如饴。从此，我的眼神里多了一丝明媚的忧伤。

你说，许我一世安稳。是的，你是了解我的。你知道，我喜欢岁月静好，现世安稳。

可是，你知道吗？后来的大风大浪，都是你给的。

时间，不是药。药，却在时间里。挣扎过，哭泣过，悔恨过…我终于学会了放下。放过你，也放过我自己。

暖阳午后，斑驳的光影，透过窗棂，落在额头上。我伸出手，握住一束华光。阳光，还未捂热，就从从指缝里悄悄溜走。

如你那般，静静地消失。还来不及放手，你已不见踪影。你在远处聆听我，我的声音无法触及你，遥远且哀伤。

你会不会，有一天，在某个街角的巷口，在某个熟悉的咖啡馆，在某个孤独的雪夜，忽然，想起我。如果想起我，你该是以微笑，或是以眼泪？

而我还是要祝你幸福。虽然，那不是真的感到幸福。

一别，便是一生

有的话，一直有机会说，却没有说出口。等到有一天想说了，却不知从何说起。

有的人，一直想去见，却没有见。等到有一天有机会见了，却又犹豫了，相见不如怀念。

有的情，一直埋藏在心底深处，从不曾流露。等到有一天想要表达了，已是渐行渐远渐无息。

有的爱，一直幽居在心口，想爱又害怕伤害。等到有一天，想要好好爱一场，爱早已消散在岁月的云烟里。

我们终是不明白，是爱来得太早，还是我们来得太迟。情深，奈何缘浅。我们，终究还是错过了。

是我们没有学会珍惜，还是我们不够勇敢？我们错过了春花秋月，错过夏风冬雪。我们还在一直错过……

错过的，是遗憾。留下的，是美丽的哀愁与思念，是念念不忘的爱恋与深情。

想起民国时期的才女石评梅和高君宇的凄美爱情。

高君宇和石评梅是老乡，他对石评梅一见倾心，多次向她表白。

而此时的石评梅，不敢轻易相信任何一份感情。她的初恋，懵懂而苦涩。她曾被有妇之夫吴天放，欺骗了三年的感情。

当她知道真相的时候，悲痛欲绝。但她不忍破坏别人的家庭，毅然选择退出。

当她遇到良人高君宇的时候，她是喜欢他的。但是，她想爱又不敢爱。

高君宇参加革命前夕，曾在父母的胁迫下，娶了自己并不喜欢的妻子，两人并没有感情。他为了给石评梅一份完整的爱，回到老家与妻子商量，解除婚姻关系。

他给石评梅的信中写道：

> 你的所愿，我愿赴汤蹈火以求之；你的所不愿，我愿赴汤蹈火以阻之。不能这样，我怎能说是爱你！

石评梅大受感动，但感动之余，她还是放不下曾经的伤害和顾虑。她始终没有勇气接受他的爱。

后来，高君宇南下广州去出差，临别之际，他让石评梅等他回来。

在广州，高君宇定制了两枚象牙戒指，寄给石评梅，并在随寄的信中对石评梅说：

> 愿你承受了它。或许你不忍，再令它如红叶一样的命运吧。我尊重你的意愿，只希望用象牙戒指的洁白坚固，纪念我们的冰雪友情。

石评梅开始动摇了,她愿意静静地他的归来。然而,这一等,便是一生!

高君宇患上了急性盲肠炎不幸去世,那一年他只有三十岁。

得知这样的消息,石评梅痛不欲生。她被内心的思念和悔恨折磨得生不如死。生前没来得及回应的爱,成了石评梅心头的一根刺,时时刺痛她的心。

高君宇被葬于陶然亭畔,石评梅每个星期天都会去高君宇的墓地拜祭,祭文中,石评梅写道:

> 我爱,我吻遍了你墓头青草在日落黄昏;我祷告,就是空幻的梦吧,也让我再见见你的英魂。

就这样,带着无尽的悲伤和思念,年仅二十六岁的石评梅,在高君宇走后的第三年,也追随他而去。临终之际,她的手上一直都戴着那枚象牙戒指。

石评梅死后,好友们将她葬在高君宇的墓旁,并附文:

> 生前未能相依共处,愿死后得并葬荒丘!

我们总是相信来日方长,却忘了要把握住当下。我们总是害怕伤害,却忘记了拥抱真爱。我们总是在失去了之后,才想起来要珍惜。

有多少人,败给了一个"等"字?有多少感情,一旦错过,就会留下终身的遗憾。有时候,你永远不知道,明天和意外,哪个会先来?

错过了花期,还可以等待下一个春天。错过了今天,还有明天可以弥补。唯独，错过了一个人，一份真挚的感情，就再也不会出现了。

约好的陪伴，走着走着就散了。说好的永远，还未抵达就变了。

人生匆匆，生命无常，千万别因为一个等字，遗憾终生。不要等一切都来不及的时候，空留遗憾。

有时，一别，便是一生。

一念秋风起，一念相思长

站在秋的路口，拣一片落叶渲染秋色，听一帘秋风装饰梦境，看一朵落花沧桑流年。

落叶荒芜了谁的等待，秋风扫落了谁的思念，落花又染红了谁的记忆？

凉风有信，秋月无边。秋天该很美，倘若你在场。

我期待着，与你相逢，在这个美丽的秋天。与你相逢在惬意的秋风中，思念也会温柔；与你相逢在馨香的清茶中，思念也会沉醉；与你相逢在温凉的月色中，思念也会缱绻。

花开花落，沧海桑田。一曲相思，空山念远。

纵使山穷水尽，落叶成空，梦中的你依旧风情万种。纵使岁月朦胧，任意西东，我依旧寻觅你遗落的影踪。

你用柔情为我布下相思局，我隔着千山万水，念你如初。想念你时，落叶倾城，再回首凝望，似是十里霜满天。

走遍春花秋月，望尽秋水长天。浓浓的相思，在这个秋季慢慢晕染。

正如李白的《秋风词》：

> 秋风清。秋月明。
> 落叶聚还散，寒鸦栖复惊。
> 相思相见知何日，此时此夜难为情。
> 入我相思门，知我相思苦。
> 长相思兮长相忆，短相思兮无穷极。
> 早知如此绊人心，何如当初莫相识。

秋风清凉，秋月明亮，落叶聚散，寒鸦悲鸣。一入相思深似海，相见相知在何时？

长相思，相思苦。云水禅心，花期如梦。花不会因为你的疏离，来年不再盛开。人却会因为你的错过，转身变成陌路。

一程山水，一段记忆。秋色连波，云雾缭绕。早知相思绊人心，何必相逢又相识。煮一壶相思酒，饮尽十里风霜。

想起金庸先生笔下的郭襄和杨过。

那一年，郭襄十六岁。风陵渡口初相见，一遇杨过误终身。三枚金针，抵得过一世情缘。

她对杨过一见钟情，念念不忘。可惜落花有意，流水无情，她注定一辈子爱而不得。

后来，襄阳城败，郭襄无家可归。她与杨过一别经年，却始终放不下他。她踏遍江湖，走遍天下，苦苦追寻他的踪迹。她身着淡黄衣衫，骑着一头小青驴，孑然一身，低吟道："欢乐趣，离别苦，就中更有痴儿女。君应有语，渺万里层云，千山暮雪，只影向谁去。"

其实，聪慧如郭襄，她知道，杨过有他的小龙女。这一生，她与杨过，终究是有缘无分。这一场痴恋，不过是她的单相思。即使此生无缘再见，他也一直活在她的思念里。

当所有的思念落下帷幕，她放下世俗所有的牵绊，来到峨眉山上，开创峨眉派。她的弟子，唤作风陵。

他只是不经意地闯入她的生命，她却要用一生的时间来偿还。

你若爱我，我便用一辈子来爱你。你若不爱我，那我便用一生来相思。

停留是刹那，转身即天涯。你一直，藏在我氤氲的思念里。你一直，住在我用一生抒写的故事里。

你的名字，是我说不出口的静默。你的模样，是我触摸不到的遥远。爱，总是百转千回，思念，却是入骨的凄凉。

邂逅一个人，只需片刻，爱上一个人，往往会是一生。因为懂得，所以珍惜。一朝相遇，一生温暖相随。

秋风又起，落叶满地。我拣起最后一片落叶，还是你。

一念秋风起，一念相思长。我用秋的诗句，埋藏所有思念的痕迹。

有一种孤独叫作：我没有很想你

越长大，越孤单。

长大了，发现身边的朋友越来越少了。开心的时候，找不到可以分享的人。难过的时候，翻遍了手机却也找不到可以倾诉的人。

长大了，发现越来越怀旧了。喜欢听老歌，看老电影，一个人静静地欣赏。偶尔，回首岁月，想起过往的一些人一些事，竟有一种想要流泪的冲动。

长大了，发现越来越敏感了。别人的一句话，就会让自己胡思乱想。怕被孤立，又怕融入不了大家的圈子。

长大了，发现越来越孤独了。假装很成熟，假装很忙碌，假装很享受孤独。一个人吃饭，一个人看黄昏日暮，一个人拼岁月拼图。

长大了，一路风尘仆仆，在茫茫人海中踌躇。半生漂泊，以为等到你，就是我此生的归宿。

我拼命地相拥，不肯给孤独留一点余地。我以为，爱可以消弭孤独。

你说：林深时见鹿，海蓝时见鲸，梦醒时见你。可我：林深时雾起，海蓝时浪涌，梦醒时夜续。

不见鹿，不见鲸，也不见你。

美国作家理查德·耶茨在《十一种孤独》说：

感情世界里的孤独，有时候像黎明前沉寂的雪原，喧嚣都在梦里，温暖亦如此，声音落入风中，万劫不复。

感情里有一种孤独，是我想你的时候，你却不在我的身边。我拼命地告诉自己：我没有很想你。

我没有很想你，只是当我听到某句歌，会不由自主地地想你。想起你的暖，想起你的笑。

我没有很想你，只是当我走在大街上，目光所及，看到的每一处风景都是你。悠悠白云是你，潇潇落叶亦是你。

我没有很想你，我只是在很忙的时候，一旦安静下来，就会偷偷地想你。想你是不是也会想起我？

我没有很想你，我只是在很闲的时候，会肆无忌惮地想你。我拿起一本书，想要假装没有想你，可是书上的每一个字，都是你。

我没有很想你，只是你的身影，在我的脑海里挥之不去。睁开眼，是你。闭上眼，还是你。你是我的南柯一梦，你是我的始料未及。

我没有很想你，只是在黑暗低垂的夜里，辗转反侧。想念你的拥抱，和你身上的味道。

我没有很想你，只是想起你会发疯，想起你会湿润眼眸。想起你，会莫名地傻笑，会莫名地心疼。

我没有很想你，只是想你了，我也不会打扰你。

如果，孤独是一杯红酒。那么，想你便是一场宿醉。

一个人的酒，一个人的醉，陌路相逢的故事，一个人咀嚼回味。

曾经的痛苦，渐渐清晰。过往的美好，张扬肆意。所有的记忆，缱绻着淡淡的香味。浅浅的忧伤，丝丝缕缕，缠绕在心头……

我没有很想你，我只是醉在酒里，痛在心里。

这场宿醉，有痴痴的爱恋，有懵懂的欣喜，更多的，是欲言又止的心酸。

我终于明白：爱，是最深的孤独。爱的孤独里，我万劫不复。

想你，是一种病。抬头，我微微一笑。低头，我便泪流不止。

爱你，是一道伤。你轻轻地幽居在伤口的最深处，开成一朵花的模样：一半忧愁，一半欢喜。

你是我揉进眼里的沙子，模糊了眼睛，看不清幸福的方向。与你的这场相遇，不倾城，不倾国，却倾尽了我所有的温柔。

你是我患得患失，遥不可及的梦，我是你可有可无，遗落山河的故人。

想你的时候，我并不孤独。

有一种孤独叫作：我没有很想你。

愿你风尘仆仆,深情不被辜负

婆娑世界,婆娑即遗憾。

曾以为,感情的世界里,不爱便不要勉强,一别两宽,各生欢喜。如果爱,就深爱。爱到星光满天,爱至花开荼蘼。

生命如在黑暗里执火,爱是唯一出路。

可是,有的人,走着走着就散了,还没来得及好好相拥,就走向了陌路。有的爱,爱着爱着就不爱了,还没来得及好好珍惜,就走到了缘分的尽头。

情深缘浅,那些迷失的爱,宛若彼岸花,摇曳在红尘中……

这一生,我们要经历多少遗憾,才能学会珍惜?

还记得第一次看《金粉世家》,对金燕西和冷清秋的爱情,深深着迷。却始终看不懂为何步入婚姻的他们相爱相杀,一步步走向诀别?

金燕西是总理家的少爷,冷清秋只是落花胡同里一朵清幽淡雅的百合。

那年夏天,晨光微熹,她回眸一笑,他惊鸿一瞥,便注定了她与他一生的爱恨痴缠。

只因在人群中多看了她一眼，他便为她丢掉了所有的骄傲和矜贵。为了找到她，北京城里，他挨家挨户地找，几乎找遍了几千个和她一样梳辫子的姑娘。当她从他身边路过的时候，任大雨磅礴，他一路狂追……

冷清秋曾对他说："我们是不一样的人，就像我家的葡萄藤开不出百合花一样。"于是金燕西硬是在葡萄藤上绑满了百合花。

他欣赏她的清雅，他明白她的拒绝，他懂得她的文艺和哀愁。

但他要告诉她，不一样的人，也可以在一起。现实不允许，可他偏偏就要他们的爱情敌得过现实。

最初的爱情多么美好，多么炽热。

他给她写诗：

> 我责怪着我的步伐，甚至我的情感
>
> 怕太快、太浓烈会灼伤你、刺痛你
>
> 我责备着我的步伐，甚至我的情感
>
> 怕太慢、太轻会错过你、丢失你

他为她办诗社、写情书、求字画，只为她博她欢喜。

她被耀眼的爱情征服了，她接受了他的爱恋，他的懂得。

可是当他们走进婚姻的殿堂，爱情的热烈渐渐消退，待岁月的真相慢慢清晰，之前那些不在乎的生活习惯的差异、财富和阶级的不对等、人生观和价值观的南辕北辙，都像一把把凛冽的刀子，刺痛着她的心。

他仰仗着他的家庭和身份，流连于十里洋场，喜欢声色犬马的生活。他讨厌婚姻的琐碎和束缚。

而她高傲清冷，喜欢自食其力。她有自己的追求和坚持，她有自己向往的诗意和远方，她始终无法融入大家族的明争暗斗。

他们，终究不是一类人。

金燕西曾说，"我从未爱过清秋以外的任何女人，从来没有"，这句话是真的。可是，他最终还是负了冷清秋。

人生若只如初见，何事秋风悲画扇。说好的一生一世，说好的为爱厮守，美好的誓言，却抵不过物是人非的似水流年。

冷清秋走了，金燕西也走了，曾经生离死别的恋人从此擦肩而过。

他们带着伤感和苦恨，随着南来北往的滚滚车轮，沿着各自的人生轨迹，融入时代的洪流。

网易云热评《体面》里有一段话：

我们都是一群多么可怜的人，喜欢的人得不到，得到的人不珍惜，在一起时怀疑，失去后怀念，怀念的想相见，相见的人恨晚，终其一生，都满是遗憾。

遗憾就遗憾吧。不是每一个喜欢的人都会在一起，不是每一份深情都会被珍惜，也不是每一段感情都有花好月圆的结局。

有一句话说：人一旦谈起感情，就会变得贪心，会一再要求更多的爱。

对方不回信息的时候，你会质疑；对方对你冷淡的时候，你会不安；对方和别人亲近一点，你会吃醋。明知道两个人的感情，需要给彼此独立的空间，可你偏偏想将对方全部占有。

许多人都觉得，自己谈感情的时候，就像变了一个人一样，自私又任性，一不小心就把爱变成了伤害。

太过用力的爱，终会使你疲惫不堪。

即使回不到过去，也回不到当初。即使，终其一生，也满是遗憾。

依然愿你半身漂浮，此生能有归宿。愿你风尘仆仆，深情不被辜负！

第四辑　在薄情的世界里，深情的活着

看取莲花净,莲心不染尘

从我喜欢茶的时候,就喜欢上莲了。

小小的一朵莲,清雅孤绝,自成风景。白莲,有一种清新脱俗的美。红莲,带着一点风雅和娇艳。

看取莲花净,应知不染心。越来越喜欢纯粹的东西。饮食简单清淡,生活删繁就简。

莲的身上,有一种清逸出尘的风骨。像是超脱于尘世之外的隐士,纵使内心丘壑万千,也总是气定神闲的模样。

莲,亦是有禅意的。那朵佛前的莲花,晨钟暮鼓,安之若素。

有时,我想,自己所求所寻的,不过是如莲那般,最干净的饱满。那莲花净,便是对生命由衷地敬畏。

我也曾见过凋零的莲花。

大片大片的莲叶变得枯黄,一派萧索落寞,无奈又惆怅。而莲花,即使枯萎了,依然在那里孤芳自赏。

有时,我们的生活也是这样。梦想会坍塌,情感会疏离。美好被摧残地支离破碎,只剩下断壁残垣。

内心深处，有一种苦闷和压抑，要想挣脱，想要逃离。却被一张巨大的网束缚着，怎么也逃不掉。

自己和生活，格格不入。自己和自己，貌合神离。未来和远方，遥不可及。

不如，学学莲花吧，孤芳自赏又怎样。

莲心实苦，却是清心败火的良方。

就像我们的人生，谁没经历过苦痛呢？有的人，为了生计，奔波劳碌。有的人，深陷感情的漩涡，苦苦挣扎。

经历过苦痛，才能懂得满足。经历过烦恼，才能理解宽容。经历过伤害，才能懂得珍惜。

那些蓝色的忧郁，蹉跎成河，那些经年的过往，风轻云淡。

一念起，万水千山。一念灭，沧海桑田。在最深的绝望里，开出最美的花，不惹尘埃。

第一次听到巫娜的古琴曲《莲心不染》，躁动的心，莫名地安静下来。

那古朴、低沉而又浑厚的琴音，仿佛把自己带入一个虚无缥缈的世界。四周是巍峨的高山，流水潺潺。一女子，飘飘然抱着一把古琴，端坐于晓峰之巅，低眉抚琴。

如莲的女子，像极了莲的淡然出尘。

这个浮华的世界里，每个人都在不停地追加自己的欲望。无法宁静，无法挣脱。

走到岁月深处，才明白，生活需要慢下来，自己需要静下来。

有时候，人是要有一点孤意的。与尘世，与名利，与热闹的人群，保持一点距离。信手拈花，微笑不语。

在独处时，享受一个人的宁静。在宁静中，精简内心的繁杂。时时勤拂拭，勿使惹尘埃。如莲一般，不枝不蔓，不妖不惑。

看取莲花净，莲心不染尘。

静而不争，一切随缘

我相信安静的力量。

比如滴水穿石。一滴水，安静温和，不张扬，不跋扈。滴答滴答，日复一日，竟有穿透石头的力量。

比如种子的生长。小小的一粒种子，深埋在泥土里，无声无息。一旦发芽，却可以穿破坚硬的外壳，破土而出。

高山从不炫耀自己的巍峨，大海从不张扬自己的浩瀚。一棵大树默默向上生长，从不与身旁的小草争夺雨露阳光。

不招摇，不攀比，不争夺，是盛大的安静。

安静，是慢慢蓄积力量的厚积薄发，是不动声色的自我修炼，亦是身处低谷时的隐忍豁达。

我喜欢安静的人。安静的人内心像是一片汪洋，有着包容一切的力量。容得下世事沧桑，容得下爱恨别离。

即使不小心遇上了是非挫折，任凭外面的世界波涛汹涌。他依然能够壁立千仞，淡然而豁达。

在一个安静的人身上，闪耀着着温润如玉的光芒：成熟稳重、淡泊豁达、低调内敛、谦逊温和。

村上春树说："你要做一个不动声色的大人。不准情绪化，不准偷偷想念，不准回头看。去过自己另外的生活。你要听话，不是所有的鱼都会生活在同一片海里。"

从现在起，做一个不动声色的大人吧。静而不争，顺其自然。

人这一生，恍若一场旅程，一场只有单程票的旅程。

这一路上，有风光迤逦，也有坎坷泥泞。有艰难困苦，也有幸福惬意。有相知相遇的喜悦，也有天涯陌路的忧伤。

没有谁的人生，是一帆风顺的。人生之路，有高潮，亦有低谷。曲折坎坷，充满了艰难与险阻。人生不如意，十之八九，没有人能够逃脱。

此时风光，不代表会一直风光，此时低谷，不代表一直站不起来。风光时，保持淡然的心境。低谷时，用坦然的心态去面对，一切随缘。

塞翁失马，焉知非福？有时候，换一个角度看问题，也许会有不一样的收获。

随缘不是不再争取，而是不做无谓的挣扎。放平心态，以一颗平和随缘的心去面对世事。

人生，静而不争，一切随缘，才会活得简单从容。

"我和谁都不争，和谁争我都不屑；我爱大自然，其次就是艺术；我双手烤着生命之火取暖；火萎了，我也准备走了"。

这首由杨绛翻译的英国诗人兰德的诗，也可以看做是她一生的写照。

文革时期，她被分配打扫厕所，与之前知识分子的待遇，相差甚远。而她，并没有沮丧埋怨。既来之，则安之。她享受着所谓的自由，见识世间百态，感受人情冷暖。

她被剃了阴阳头，也来不及伤心难过。自己动手做了假发，戴着出门买菜。就像什么都没有发生一样。

杨绛身上有一种温和淡雅的气质，与世无争。在这熙熙攘攘的世间，多数人都想着出人头地，追名逐利。可杨绛不这样，她读书写作，翻译治学，只是因为兴之所至。

她说她并不是专业作家，生平所作都是"随遇而作"。从散文、翻译到剧本、小说，每次都是"试试写写"，这一试，却试出了不少精品。她翻译的八卷本《堂·吉诃德》，后来被称为最好的译本。

这位活了一百零五岁的老人，静而不争，一切随缘。活出了自己喜欢的模样，认真的年轻，优雅的老去。

静而不争，是一种达观的处事智慧。一切随缘，是一种淡然的人生态度。

当世间的一切繁华落尽，生命的本真开始变得清晰可见。余生，在向晚的光阴里，活得从容而淡定。在时光中深处，轻嗅清新淡雅的气息。

人生到最后，都是删繁就简去伪存真，去追求内心世界的安静与淡泊。于华美中找寻质朴，于喧嚣中寻求寂静。

让脚步慢下来，让内心静下来。听风吟，赏花开，观云卷云舒，看潮起潮落。你会发现，人生处处是风景。

读一页闲书，品一盏香茗，听一曲梵音。安静，让内心变得温和丰盈。随缘，让人生变得简单从容。

静而不争，一切随缘。尽人事，随天命，以一颗平常心去面对世事无常。拿得起，放得下，以一颗随缘的心去面对是非曲折。

生如夏花，不舍爱与自由

　　如果说，春天的花是娇艳欲滴的温婉。那么，夏日里的花，便是能量满满的热情。

　　初夏的石榴花，如火如荼地盛开着。绸缎一般的六朵花瓣，包裹在坚硬的外壳之下。不带一点点娇羞，像红色的喇叭似的，在一派绿意葱茏中，呼唤着夏日的盎然生机。

　　远远望去，又像是一排排红色的小灯笼，不管今夕何夕，兀自生香。它旁若无人地绽放着，把生命的喜悦开至荼蘼。

　　喜欢夏花，不就是喜欢这份开到极致的绚烂吗？

　　它花开热烈，不矫揉造作，尽情地释放生命的馨香。它勇敢奔放，不遮掩躲藏，完美而盛大地绽放着属于自己的希望。它尽兴而为，不压抑自我，努力追求属于自己的一切梦想。

　　然而，夏花的生命，亦是短暂的。盛开，仿佛就在那一瞬间。凋落，也是悄无声息的。无声无息，却又寂寞悲壮。花褪残红，花落归尘，仿若塞外孤烟，宛如秋叶静美。

很喜欢泰戈尔《飞鸟集》里的诗句：

我听见回声，来自山谷和心间
以寂寞的镰刀收割空旷的灵魂
不断地重复决绝，又重复幸福
终有绿洲摇曳在沙漠
我相信自己
生来如同璀璨的夏日之花
不凋不败，妖冶如火
承受心跳的负荷和呼吸的累赘
乐此不疲

夏花具有绚丽繁荣的生命，在阳光最饱满的季节绽放，如奔驰、跳跃、飞翔着的精灵，挥洒生命的辉煌和灿烂。

生而为人，当如夏花一般优雅绚烂。

这短短的一生，我们最终都会失去。所以不妨大胆一些，勇敢一些。爱一个人，攀一座山，追一个梦。

对未来的真正慷慨，是过好每一个现在。对生命的真正热爱，是用自己喜欢的方式，过好这一生。

喜欢，是发自内心真正的喜欢。不是叶公好龙，不是三分钟热度，更不是喜欢到最后，心生厌倦。

找到自己真正喜欢的事业，努力工作，认真学习。即使遇到再大的困难，依然有热爱的信念所支撑。用心付出，持之以恒地坚持下去。在喜欢的工作中，实现个人成长，体现自己的价值。

这样的喜悦，是内心深处，自己对自己的认可。无需依靠外界的曲意奉迎，无需在意别人的流言诋毁。自己的强大，来自于根植内心的安全感。而这样的安全感，只有自己能够给自己。

　　活着，不是为了父母而活，不是为了别人而活，不是为了社会评判而活，亦不是为了名利而活。这短暂又美好的一生，活着，就要为自己而活，要活出自己的独特，活出自己的光芒。

　　生命，或长或短，有泥泞有坎坷。既然来到这人世间，就不去想命运无常，不去管冷雨风霜。尽情地做自己，如夏花一般，生而璀璨，妖冶如火。

　　我就是我，是颜色不一样的烟火。生活，不止眼前的苟且，还有诗和远方的田野。

　　好好去爱，好好去生活。如高晓松说的那样：愿你一生温暖纯良，不舍爱与自由。如许巍唱的那样：没有什么能够阻挡，你对自由的向往。

　　一生所求，不过爱与自由。

　　穿过幽暗的岁月，走过迷茫与彷徨。唯有爱与自由，清澈高远。如梦，似幻。

　　爱一个温柔的人，爱一朵流动的云，爱一片蔚蓝的天空。爱上一切温暖和美好。

　　像风一样自由，去一切想去的地方。像庄子一样自由，心灵遨游于天地间。

　　愿所有的爱，温暖而美好。愿所有的自由，潇洒而坦荡。不畏缩，不放任，不伤害。有召唤，爱自由。

　　爱的时候，让对方自由。不爱的时候，让爱自由。

　　生如夏花，不舍爱与自由。

沉默是一种修行，无言是一种境界

经历了是是非非，看透了人情冷暖，越来越喜欢安静，越来越懂得沉默的智慧。

真正厉害的人，都懂得适时的沉默。沉默，有着强大的力量，有时甚至胜过千言万语。

沉默，是内心的安静与丰盈。

静坐常思己过，闲谈莫论人非。一个人若能时常静下心来沉思，反省自己的不足，不议论别人的是是非非。那么他就能以一颗慈悲平和的心态，去面对世事无常。

记得年少的时候，一点悲伤，就渲染得惊天动地，一点误会就委屈得痛哭流涕。而现在，我慢慢学会了沉默。

遇到了挫折，默默地咬紧牙，告诉自己，没有过不去的坎儿。遇到了伤害，哭过痛过，依然笑着迎接第二天的太阳。遇到委屈，不解释，懂我的人无需解释，不懂的人，解释再多也无用。

我知道，我要做的，是在沉默中蓄积力量。让自己变得强大，无惧流言，无惧悲伤。

沉默的时候，内心是安静的，丰盈的。安静下来，就能够听到自己内心的声音。

一个懂得沉默的人，更容易和自己相处。学会独处，真正地接纳自己，也能包容别人。

沉默，是一种积淀。

一个人，遇到事业的挫折，才会知道沉默的力量。自己静下来。慢慢思考，不急功近利，不轻信他人，懂得慢慢积累和沉淀。

一个人，遭遇爱情的背叛，才会对爱情沉默。对爱情保持慎重，不轻易地交付真心。让花言巧语告退，让真情留存。懂得沉默，学会珍惜。

一个人，身体亮起了红灯，才会对欲望保持沉默。人这一辈子，很多东西生带不来死带不去，何必过分执着呢？欲望再多，若是没了健康的身体，一切都是空谈。

亦舒曾说："人一定要受过伤才会沉默专注，无论是心灵或肉体上的创伤，对成长都有益处。"

学会沉默，在迷失自己后幡然醒悟，在错失遗憾后慢慢反省，在心累崩溃后休憩调整……

沉默，给予灵魂的依靠。学会沉淀自己的情绪，调整自己的状态，在自我救赎中，遇见越来越好的自己。

即使身处闹市的喧嚣之中，依然寻求一份心灵的静谧。过滤欲望，沉淀自己。

沉默，是一种境界。

我们终要走向成熟，而成熟之路，就是学会沉默，坦然接受自己不喜欢的，和不喜欢自己的。

不以物喜，不以己悲。爱自己的人，好好珍惜。离开的人，不必留恋。要来的人，微笑迎接。转身的人，挥手作别。

鲁迅说：“当我沉默的时候，我觉得很充实，当我开口说话，就感到了空虚。”

沉默就像是盛夏里的那一片绿，清简素净，却充满生机勃勃。依一缕阳光，揽一份清凉，静静生长，在生命的青山绿水间丰盈。

当我学会了沉默，终于明白：凡事别说，别抱怨。对于人生，最大是事情就是生和死，除此此外，都是小事一桩。

沉默，是一种境界。享受沉默的时光，读懂内心深处的情绪，安静地感悟岁月的美好。

做个沉默的智者吧，人生无需多言，也无需解释。认真做好自己，让时间去说明一切。在一个安静的位置上，去看世界的热闹与繁华。

让浮躁的心沉淀下来，以柔软舒适的姿态面对一切。在沉默中，抵达更加辽阔的远方，欣赏更加曼妙的风景。

花开花落，不悲不喜

　　一念花开，一念花落。花开花落，只在一念之间。

　　得意的时候春风十里，花开成诗。失意的时候伤怀落寞，在落英的缤纷里细数缓慢的流年。

　　这山长水远的人世，终究是要自己走下去。人在旅途，要学会不断的自我救赎。

　　也许，每个人的内心，都有几处不为人知的暗伤，等待时光去将之复原。每个人的内心，都有一处死角，别人走不进来，自己走不出去。

　　有时，总不愿意在别人面前落泪，因为怕丢了风度。有时，也总不愿意在别人面前低头，因为怕丢了颜面。

　　其实，生活不是活给别人看的，我们可以坚强，但不必太逞强。

　　北宋文学家范仲淹，家境贫寒，年少时曾借住在一座寺庙里读书，常常食不果腹，仍然坚持昼夜苦读。

　　凭借过人的才识，高中进士。中进士以后多次向皇帝上书，提出许多革除弊政的建议，遭到保守势力的打击一再贬官。

后来负责西北边防，对防御西夏入侵很有贡献。一度调回朝廷担任枢密副使、参知政事的职务，可是在保守势力的攻击与排挤下，于宋仁宗庆历五年又被迫离开朝廷。

纵观他的一生，一直在矢志不渝地追求自己的人生理想和政治抱负。敢于直言，心系众生。即使一再遭遇贬谪，依旧不以物喜，不以己悲。先天下之忧而忧，后天下之乐而乐。

不以物喜，即使你现在春风得意马蹄疾，恨不得一日看尽长安花。也不要为一时的顺境蒙蔽了双眼。

就像就像古龙笔下的百晓生，在拼出了兵器谱中的第一后，从此固步自封，在武林中只得了虚名。

所以，人在坦途也要保持一颗平常心。路还很长，还有更多的机会和挑战在不远处等着我们。

不以己悲，即使你现在一败涂地，一无所有，也不要妄自菲薄，放弃自己。

司马迁在《报任安书》里曾说：

> 文王拘而演《周易》；仲尼厄而作《春秋》；屈原放逐，乃赋《离骚》；左丘失明，厥有《国语》；孙子膑脚，《兵法》修列；不韦迁蜀，世传《吕览》；韩非囚秦，《说难》、《孤愤》；《诗》三百篇，大抵圣贤发愤之所为作也。

身处逆境，依然保持旷达的心境。不放弃，不攀比，慢慢蓄积力量，厚积薄发。

1954年的足球世界杯，在半决赛时，巴西队意外地输给了法国队。

球员们比任何人都明白，足球是巴西的国魂。他们懊悔至极，感到无颜见江东父老。

当他们乘坐的飞机降落在首都机场的时候，却看到令他们惊讶的场面：巴西总统和两万多名球迷默默地站在机场，人群中有两条横幅格外醒目："失败了也要昂首挺胸！""这也会过去！"球员们顿时泪流满面。总统和球迷们都没有讲话，默默地目送球员们离开了机场。

四年后，巴西足球队不负众望，赢得了世界杯冠军。回国时，当他们的专机进入国境，十六架喷气式战斗机立即为之护航。当飞机降落在道加勒机场时，聚集在机场的欢迎者多达三万人。在从机场到首都广场将近20公里的道路两旁，自动聚集起来的人群超过了一百万。这是多么宏大和激动人心的场面！

人群中也有两条横幅格外醒目："胜利了更要勇往直前！""这也会过去！"

巴西的球迷们充满生存智慧，他们深深地认识到：对既成事实要尊重，但不要过分执着。是非成败转头空，不以物喜，不以己悲。

执着于什么，往往就会被什么所蒙蔽。执着爱情，却总是被伤得体无完肤。执着于成败，却总是焦灼不堪。

不妨，放下执念，凡事看淡一些，不牵挂，不计较，会减少很多烦恼。

既然无处可逃，不如随缘。既然没有净土，不如静默。既然无法如愿，不如释然。

拥有好心态的人，就拥有了一种豁达而超然的智慧。失败了，转过身擦干痛苦的泪水；成功了，向所有支持者和反对者致以欣慰的微笑。

不以物喜，不以己悲。宠辱不惊，顺其自然。

彼岸花开，煮一壶云水禅心

我们的身体在此岸的时候，心却总是在彼岸。

依稀记得小时候，我们还是山村水镇的孩子。心里，总向往着繁华的大都市。那里，高楼林立。那里，风光迤逦。那里，车水马龙。

此岸，是生我养我的故乡。彼岸，是放飞梦想的城市。城市，寄托了多少孩子跃出龙门的沉重梦想。

长大后，我们如潮水一般涌入自己向往的大城市。在陌生的城市里，尽情地挥洒青春，努力奋斗。

直到有一天，在这个城市里，遇到了生命里最爱的那个人。这个城市，便不再陌生，仿佛一下子有了温度。爱上一个人，从此，恋上一座城。

奔波劳碌之后，在城市里慢慢稳定下来。在夕阳落日的黄昏里，更加怀念过去的山山水水，曾经的乡野烂漫。

当我们疲惫于城市的喧嚣之后，更加喜欢山水之间的纯真与情志。

城市与山水，成为我们心灵的返驻点。我们一边在城市里追逐自己的梦想，一边频频回望故乡的山水。我们游走在城市与故乡之间，奔袭在出世与入世之间，徘徊于此岸与彼岸之间。

此岸，是我们安身立命，马不停蹄逐梦的地方。彼岸，是我们安放灵魂，偶尔隐居的故乡。

过三五年，见山，见水，山水却是一程你抵达不了的清凉世界。

过七八年，见草，见木，草木仍是一本你读不透的人间春秋。

回到故乡，徜徉于熟悉的山山水水，见到熟悉的一草一木，仿佛暂时脱离了尘世的喧嚣，避开了红尘的纷扰。走过了那么多陌生的路，看过了那么多曼妙的风景，遇到过那么多形形色色的人。只有，回到故乡，才算是回到了最初的出发点。

彼岸，不仅仅是故乡。只要是灵魂栖居的地方，都是花香满径的彼岸。

当代才女作家白落梅，原名胥智慧，一个凌霜傲雪，拣尽梅枝的女子。她至今隐居在江南一隅，焚香品茶，低眉抚琴。读书写文，拈花悟禅。

她心似兰草，文字清淡。读者盛赞其文字：落梅风骨，秋水文章。她凭一支素笔，写尽山水风情，百态人生。她的文章，没有凌厉的说教，只有柔软的岁月静好。

她的文字穿越岁月的尘埃，穿越历史的变迁。读她的文字，总会不经意地随她走进唐诗宋词唯美的意境，走进一段段缠绵悱恻的故事。

走进纳兰容若的西风吹不散眉弯，仓央嘉措的世间安得双全法。走进三毛的千山万水，张爱玲的倾城往事。走进林徽因的人间四月天，忘却了自己的浮世清欢。

她的文字美得没有烟火气息，爱得那般缠绵悱恻。她仿佛独立于在万丈红尘之外，如隔岸观火一般，洞彻人生之苦，爱之虚幻。

读着读着，有时会觉得她的文字太过飘渺。世事繁杂，红尘纷扰，哪里有那么多的风轻云淡，岁月静好？

但她依然，在文字的世界里，修行自己，也摆渡他人。

也许，文字就是她的彼岸。而我们依然可以在她如诗如画的文字里，到达心灵的彼岸。那里，岁月静默安生，时光温柔以待，宛若最初的最初，清澈明亮，温暖美好。

从此岸到彼岸，隔着清澈的河水，两两相望。掌心里的小时光，轻盈飘落。听风吟，闻花香，隔着风尘，静静聆听，心灵深处的对白。

捻一缕墨香，剪一阕笙歌，种植一份初始的心愿，在季节里，在流年里，在内心深处的期盼里。愿有岁月可回首，且以温柔待此生。

此岸到彼岸，故乡依旧，山水依旧。此岸到彼岸，初心依旧，温暖依旧。

此岸绿意葱茏，彼岸陌上花开。以红尘为道场，以世味为菩提。生一炉缘分的火，煮一壶云水禅心。

人生的三重境界：见自己，见天地，见众生

一

第一次听李健的《水流众生》，便被深深地震撼了。

"有没有那样的山能阻挡命运的乌云，保佑从来不平坦的路程。有没有这样的水能洗去所有的沉迷，让众生轻盈……"

李健空灵清澈的嗓音，瞬间把我带到了西藏。那里，天空湛蓝，白云悠悠。那里，溪水潺潺，雄鹰展翅。那里，高山巍峨，草原辽阔。

在那里，唐古拉山和纳木错被称为神山圣湖。在那里，常常会看到顶礼膜拜的人们匍匐前行，那是一种发自内心的对生命的虔诚。

众生皆苦，转山转水转不出自我，怎样才能洗去所有的沉迷，获得解脱，让众生轻盈？

唯有修得一颗平常心，从越来越多的欲望里解脱出来。见自己，见天地，见众生。

二

见自己，从爱自己开始。

英国诗人王尔德曾说："爱自己，是终身浪漫的开始。"爱自己，不盲从，不羡慕，不攀附，安安静静地做最好的自己。

民国时期的张幼仪，听从父母之命，媒妁之言，嫁给徐志摩，成为包办婚姻的牺牲品。徐志摩在她怀孕时，弃她而去，将她一人留在异国他乡。

品过半生悲凉，张幼仪认真涂写自己的人生色彩。奔赴德国柏林深造德语，回国后，进入东吴大学教学，出任上海女子商业银行副总裁，又在上海最繁华之处开了服装公司。她设计的服装更是在上海滩风靡一时。

她的前半生，在不被爱的婚姻里，从未爱过自己。当她重新审视自己，便开始在跌宕起伏的命运中，完成了人生的华丽转变。曾经看不起她的徐志摩，亦是对她刮目相看。

拨开历史的云烟，即使浮华褪去，她的灵魂依然闪烁着自爱和坚强的光芒。

见自己，是安身立命的根本。学会爱自己，与自己和解，努力成为更好的自己。

三

见天地，勇敢走出去，才能看到更广阔的世界。

天地之大，世界辽阔，宇宙浩瀚，谁也无法穷尽对它们的认识。我们渺小如蝼蚁，不知不觉，就活成了井底之蛙，坐井观天。我们不愿固步自封，却一点点地消磨斗志，困于一隅，画地为牢。

曾经的央视主持人柴静，为了探究新闻的真相，不拘泥于直播间，一度奔走在最前线。

十年之间，非典、汶川地震、两会报道、北京奥运……在每个重大事件现场，几乎都能发现柴静的身影。矿难的真相调查，揭露一个个欲盖弥彰的谎言。她曾经故意在节目中反复询问王锡锌关于公款消费的数字，她也曾经一人独面黑社会的威胁。

走出舒适区，深入第一线，让她对现实生活有犬牙交错的切肤之感，也让她一点一滴脱离外在与自我的束缚，重新了解所处的这个世界，对生活与人性有了更为宽广与深厚的理解。

不要在自己固有的区域内打转，勇敢地走出去，外面的世界还有很大。

对我们来说，不管工作多么一成不变，生活多么索然无味。也要适当地走出去，接触新的朋友，欣赏陌生的风景。也可以每周读一本好书，在书里认识另一个奇妙的世界，开阔的自己的视野和胸怀，始终保持向上生长的力量。

见天地，重新认识生活，了解这个世界，让人生进入更加广阔的天地。

四

见众生，温凉慈悲，内心安宁。

见众生，为人豁达的最高境界，便是宠辱不惊。对世人报之以体谅与悲悯，多一分看破与接纳。

见众生，就是渐渐地懂得了谦卑，不张扬，不跋扈。谦和做人、淡然处事，获得内心的宁静。

《寒山拾得问对录》中记载：

寒山问曰："世间有人谤我、欺我、辱我、笑我、轻我、贱我、恶我、骗我，该如何处之乎？"

拾得答曰："只需忍他、让他、由他、避他、耐他、敬他、不要理他，再待几年，你且看他。"

时光温凉，常怀一颗慈悲之心。不再去怨恨人，哪怕是伤我最深的那个人。渐渐明白，每一个出现在生命里的人都是有原因的。

有的人喜欢你，给予你勇气。有的人欣赏你，给予你信心。有的人伤害你，让你懂得了珍惜。无论如何，都要感激，因为，正是遇见不同的人，才成就了现在的你。

得之我幸，失之我命。静而不争，一切随缘。那些生命里渐行渐远的人，也记得送上祝福，那些走进生命始终不离不弃的人要加倍珍惜。

见众生，修得一颗慈悲心，与人为善，获得内心的安宁。

五

明代洪应明收集编著的语录集《菜根谭·概论》里说：宠辱不惊，看庭前花开花落；去留无意，望天上云卷云舒。

这是一种博大的境界，糅合了中国传统的道家思想。得之不喜，失之不忧。宠辱不惊，去留无意。这样才可能心境平和、淡泊自然。

生命有限，流光苦短。有生之年做到乐观豁达，顺应自然。闲暇时读一本书，沏一壶茶，听一曲音乐，赏一朵花。

爱自己、享受平凡的生活。努力成为更好的自己，让每一分每一秒都活得有意义。

见自己，见天地，见众生。把过去的一切不如意都当成浮云，珍惜现在所有，坚信未来可期。

爱自己，是终身浪漫的开始

小时候，无论是家庭，还是学校，我接受的教育都是，要为他人着想。女孩子，要温柔，要善良，要懂事。

所以，那时候的我，活得小心翼翼。我努力学习，从不惹是生非。除了性格比较倔强，也算善解人意，乖巧懂事。

后来，我发现，很多人都是这样的：努力活成父母期望的样子，世俗观点里的成功人士，道德规范里的好人。

可是，从来没有人告诉我们：该如何取悦自己，如何活成自己喜欢的样子？

想起日本作家山田宗树的《被嫌弃的松子的一生》里面的松子。

书中的松子，终其一生，都是渴望得到别人的爱，却从未爱过自己。她放下所有的尊严，去爱身边的每一个人，却总是被伤害，被嫌弃。

小时候，总是试图讨好父亲，为了博父亲一笑，经常扮鬼脸。长大之后，放弃自己的爱好，按照父亲的意愿，做一名教师。却被学生陷害，被迫辞职。

在爱情里，她爱得毫无底线，甚至忍受暴力，却依然没有换来男友的爱。在亲眼目睹男友卧轨自杀之后，一步步沉沦。老年的松子，最终死于一群孩子的乱石之下。

松子说：生而为人，我很抱歉。这也是松子悲剧一生的写照。

然而最大的悲剧在于：她从来就没有好好审视自己，没有爱过自己。一个人，如果连自己都不爱，别人又怎么会爱你呢？

英国诗人王尔德曾说：爱自己，是终身浪漫的开始。

爱自己，从接受自己开始。接受自己的不完美，承认自己的软弱。张德芬在《重遇未知的自己》里说：亲爱的，外面没有别人，只有你自己。

我是一切的本源。如果想要获得爱，首先要爱自己，不要让自己活在别人的世界里。累的时候，蹲下来抱抱自己。伤心的时候，给自己一段独处的时间，除了自己，谁也无法拯救你。

当你自己开始爱自己，你会发现，你的内心不再匮乏。你不需要去向别人证明存在感，不需要别人给予安全感，也不需要向别人索取爱。

如果你爱我，我会欣喜。你不爱我，我不也会难过。做自己的小太阳，无需凭借谁的光。

当然，爱自己，是自爱，不是自私。

自私是一种贪婪，如同所有的贪婪一样，自私包含着一种不稳定性，永远达不到真正满足的结果。贪婪是一个无底洞，穷尽所有的努力，只为满足自己，甚至不惜践踏别人的利益。

自私的根源恰恰在于对自己缺乏爱意。自私的人，从未认真了解过自己的内心，他缺乏安全感，缺乏爱，一味向外索取。自己精疲力尽，却永远得不到满足。

就像《甄嬛传》里的安陵容。她自卑，敏感。为了给不受宠的娘争口气，进入后宫。在后宫的斗争中，她考虑的永远是自己的利益，甚至不惜伤害最初的好姐妹甄嬛。最后，用一盘苦杏仁结束了自己的生命。

在生命的最后一刻，她说，她好累。她争了一辈子，斗了一辈子，到最后，仍然一无所有。她努力讨好皇上，投靠皇后，却从未关注过自己。

皇上没有爱过她，皇后一直在利用她。而她自己，也从未爱过自己。

爱自己，才能更好地爱别人。爱别人，也是一种高级的浪漫。

心中有爱的人，才能尊重别人，理解别人。自爱的人，内心充满了爱的能量。不苛求，不束缚，不抱怨。

民国时期的张幼仪，曾是徐志摩的发妻。在她身怀六甲的时候，被徐志摩残忍抛弃。

无奈，她去德国投奔自己的哥哥。她坚强独立，离开徐志摩之后，反而活得越来越光芒万丈。

回到国内，当德语老师、管理银行、开设服装公司，忙得不亦乐乎，这时候的她是足够有底气的，眼神里也满是对生活的从容和谅解。

张幼仪，在一段不被爱的婚姻里，活得没有自我。离开后，努力提升自己，让自己越来越优秀。

她依然爱着徐志摩，即使离婚，她也不埋怨。帮他整理书稿，照顾父母。

爱自己，成为更好的自己。学会爱自己，才会爱别人。

从今天起，好好爱自己。

爱自己，不再苛责自己，不再纠结过去。不用别人的错误惩罚自己，不用过去的遗憾为难自己。

爱自己，学会与自己和谐相处。接受自己的不完美，不抱怨，不强求。

爱自己，相信自己是值得被爱的。我就是我，不一样的人间烟火。如果爱，请深爱。

爱自己，努力成为更好的自己。自己强大了，才会有力量去好好地爱别人。

当你学会了爱自己，就会发现生活原本很美好。

聆听花开的声音，轻嗅每一瓣花儿的馨香。抚摸清晨晶莹的露珠，沐浴夕阳温暖的余晖。

请记住，爱自己，是终身浪漫的开始。

人生本无常，心安即归处

人生路漫漫，你我皆过客。

我曾看过春花秋月，赏过夏风冬雪。也曾一个人穿过漆黑的夜，走过泥泞的街，渡过湍急的河流。

我曾像一枝摇摆的浮萍，随风摇曳，四处飘荡。也曾渴望能遇一人，将我妥帖安放：免我惊扰，免我流离，免我无枝可栖。

我笑，仿佛全世界都在笑。我哭，全世界便只有我一人在哭。穿过生命幽暗的岁月，终于明白：有些路，只能一个人走。我们都是彼此生活的旁观者，他有他的前程，你有你的方向。

一个人，终要走陌生的路，看陌生的风景，经历自己该经历的喜悦和苦痛，承受自己该承受的委屈和压力，才能无惧艰难，好好地生活。

三毛曾说："心若没有栖息的地方，到哪里都是流浪。"经过生活的洗礼，才慢慢懂得：心安，即归处。

看淡得失，一切随缘

历史上，苏轼的好友王巩，因为受到苏轼"乌台诗案"牵连，被贬谪到地处岭南荒僻之地的宾州。王巩受贬时，他的歌妓寓娘毅然随行到岭南。

几年后，王巩北归，苏轼请他喝酒，谈及广南风土，寓娘答曰："此心安处，便是吾乡"。

苏轼听后，大受感动，作诗《定风波》一首：

　　常羡人间琢玉郎，天应乞与点酥娘。尽道清歌传皓齿，风起，雪飞炎海变清凉。

　　万里归来颜愈少，微笑，笑时犹带岭梅香。试问岭南应不好，却道：此心安处是吾乡。

此心安处，是吾乡。

有时，我们总是得失心太重，得不到的总是心怀惦念，已失去的总是念念不忘，该放下的又万般不舍。如此种种，患得患失，心绪不宁。

得失，不过是人生之常态。人是要有追求的，但如果得失心太重，患得患失，心不快乐，到哪里都不会快乐。

得之坦然，失之淡然。开花时，尽情赏花，只言珍惜，不说别离。种树时，认认真真，结果随缘，得失尽然。

看淡得失，一切随缘。随缘自在，心安然。

活在当下，简单知足

活在当下，不为昨天的失意而懊悔，不为今天的失落而烦恼，不为明天的得失而忧愁。淡泊名利，知足常乐，顺其自然，随遇而安。

百味人生，总有残缺的存在。知足常乐，才能自在心安。珍惜自己所有，不攀比，不嫉妒，安稳过自己的生活。

因为知足，刘禹锡即使深处陋室，依然有"苔痕上阶绿，草色入帘青"的诗意，依然"谈笑有鸿儒，往来无白丁。可以调素琴，阅金经。"

曾国藩说：知足天地宽，贪得宇宙隘。

一个人懂得知足常乐，便会觉得天地宽阔而自身渺小；一个人贪得无厌，便是人心不足蛇吞象，甚至在他眼里宇宙都很狭隘和渺小。

知足，是一种生活的智慧。不要让自己活得太累，学会适当的放松自己，不贪婪，不奢求。

知足常乐，随遇而安。心安，即归处。

宠辱不惊，安之若素

明代的《小窗幽记》中的这样一副对联：宠辱不惊，看庭前花开花落；去留无意，望天上云卷云舒。

为人处世，视宠辱如花开花落般平常，才能不惊；视名利如云卷云舒般变幻，才能无意。得之不喜、失之不忧、宠辱不惊、去留无意。

季羡林一生宠辱不惊，淡泊名利，始终以一颗平常而豁达的心对待生活中遇到的事情。

季羡林出身贫苦，历经磨难，"二战"前后滞留德国达十年之久，饱尝思乡之苦。回国后，他与家人长期分居，独自一人在北京从事学术研究。

"文革"期间,季羡林遭到打击,但他仍能泰然处之,并在这种生活状态下,坚持做自己的学问。他说:"活下来,也许还是有点好处的。我一生写作翻译的高潮,恰恰出现在这个期间。"

由于在学术上的杰出成就和重大贡献,季羡林赢得了很多名誉和头衔,但他始终认为自己只是一个普普通通的教授。2002年10月,季羡林在住院期间专门写文章提出请辞"三顶桂冠"。他一向认为自己是一个普通人,一个平凡人,对困境、逆境、名誉、地位,他始终保持着一颗平常心来看待。

丰子恺有句话:不宠无惊过一生。面对生活,面对变故,面对荣辱,多一点平常心,不恐不惊。

宠辱不惊,安之若素。唯有心安,才能在这浩大的世界里,让渺小的自己找到归处。

人生本无常,心安即归处。

不要让心太在意得失,放下得失,顺其自然。因为有得有失,有舍有得,都是生命的常态。

不要让心想得太多,简单一点,知足一点。因为活在当下,心无挂碍,才能活得快乐。

不要让心惊恐担忧,放下执念,不惊不扰。因为是你的逃不掉,不是你的勉强不来。

活在这纷扰的世间,总要为漂泊的心,找到一个归处。看淡得失,知足常乐,宠辱不惊,在心里修篱种菊,悠然见南山。

这个世界上,真正的世外桃源,不在别处,只在心安处。

心若安,便有归处。

留白，是一种高级的生活态度

你，欣赏过南宋画家马远的《寒江独钓图》吗？

画面上，一舟，一翁，几笔淡墨之外，空空如也。然而，就是这片留白，意境深远，让人回味无穷。

留白，是一种无言的诉说，诉说着烟波浩渺，万籁无声。诉说着天地之大，一尘不染。诉说着，渔翁孤舟泛江，清冷孤绝。

想起唐代诗人柳宗元的《江雪》：千山鸟飞绝，万径人踪灭。孤舟蓑笠翁，独钓寒江雪。据说，马远的这幅国画，就是以这首诗的意境写意的。

国画的留白，与诗词的留白，有异曲同工之妙。留白，留下的是让人无限遐想的空间和意境。

我们的人生，又何尝不是一张更大的宣纸？挥毫泼墨之间，学会留白吧。别把自己逼得太紧，给生命一些悠然的空间。

给生命留白，有所为有所不为，生命才会有缓冲的余地。因为留白，我们才能从容地进退，才能有更多的回味和留恋。

林语堂说："看到秋天的云彩，原来生命别太拥挤，得空点。"

人生苦短，不要让生命被名利填满。放下繁华和嘈杂，放弃无意义的忙碌，放宽心态，静下来，聆听自己内心的声音。

在台湾，八十岁的唐白余，开了一家餐馆，生意火爆。而他，却跑到山郊里建了春余园子。守着一片青山白云，喝茶读书，享受生命的每一个当下。曾经的忙碌喧嚣，恍如隔世。

唐白余说："活了大半辈子，才会发现有些东西是可以舍弃的。留下的，应该就是最重要的那个。"春余园子，就是他给人生的留白。

人生的留白，是懂得放下繁华，为心灵寻一处宁静之地。以清净心观世界，以欢喜心过生活。

活在这繁华的世间，我们不是只为了追名逐利，还可以静下来，感受生命的温暖和美好。

让自己慢下来，聆听花开花落的声音，欣赏云卷云舒的姿态。以风的执念求索，以莲的姿态恬淡，盈一抹微笑，将岁月打磨成人生枝头最美的风景。

山长路远，天高地阔。留白，让我们的人生更加安然淡定。

留白，亦是生活的智慧。

两个人下围棋的时候，一黑一白交错之间，棋逢对手，与对手苦苦周旋。倘若团团围困对方而不留任何余地，结果反而也会堵住了自己的路，进退两难。

留一点空白，也是给自己留有余地。

凡事留有余地，才会有事后回旋的空间。就像两车之间的安全距离，留一点缓冲的余地，才可以随时调整车距，进退有度。

《菜根谭》里说："滋味浓时，减三分让人食，路径窄处，留一步与人行。此是涉世一极安乐法。"

利不可赚尽，福不可享尽，势不可用尽。为人处世，要给自己留点余地，不要把事情做绝了，断了自己的后路。

正如曾国藩所言：凡事留有余地。留一点存量，存一点缺憾，就像那含苞欲放的花和将圆未圆的月，这种状态是最让人踏实的。

留白，就是允许人生留有遗憾。花未全开月未圆，就是人生最好的境界。

世间为何要有遗憾？佛说：这是一个娑婆世界，娑婆即遗憾。没有遗憾的世界，给你多少幸福和圆满，你也感受不到。

留白处，自有生活的小确幸和小欢喜。

留白，是一种艺术。我们的爱情，也需要留白。

雪小禅说："你若爱一个人，隔着千山万水远远的欣赏总是最美的，如此这般，就够了。"

有一种浅浅的爱，不是爱到荼靡，亲密无间，而是彼此留有空间。

没有空间，没有自由的爱情就像一盘沙，抓的越紧，反而漏掉的越多。

最好的爱情便是：心有灵犀，亲密有间。两个人保持不远不近的距离，相互牵挂，彼此关怀。但不过分干涉对方，允许对方有自己独立的空间。不打扰，不侵犯，保持尊重和理解。

有时候，我们都会害怕孤独，渴望用爱来填补。结果，爱抓得越紧，越容易受伤，反而会陷入到更深的孤独。

孤独，与生俱来。即使是爱，也不能消弭。我们只能学会与孤独相处。只有享受孤独，才能享受爱的亲密和美好。

在爱情里，我们相互依恋，也需要相互独立，给予彼此留白的空间。

给爱情留白，让爱更加绵长。

留白，是一种极简之美。

水墨"留白"，可得磅礴之气。生命"留白"，可以充实生命。生活"留白"，可以淡定从容。爱情"留白"，可以让爱走得更长远。

留白，为心灵开一扇窗，让明媚的阳光照进来，让温良的月色流进来，让清爽的山风吹进来。

留白，摒弃生活的繁琐冗杂，简单一点。凡事留有余地，不刻意追求完美，允许遗憾的存在。

留白，在爱情的世界里，给予彼此独立的空间，让爱呼吸，让爱芬芳，让爱成长。爱，是依恋，不是依赖。

留白，是一种高级的生活态度。留白处，自有草长莺飞，光芒万丈。

赏心只需两三枝

生活中，无论你多么优秀，多么善解人意，总有人不喜欢你。

而你自己也做不到，喜欢所有的人。身边的人，有喜欢的，也有看不惯的。

喜欢和不喜欢，本就带着强烈的主观色彩。不必因为别人的喜欢而骄傲任性，也不必因为别人的不喜欢而徒增烦恼。

刻意讨好不喜欢自己的人，折损的是自我的尊严。不要用无数次的折腰，去换得一个漠然的低眉。也不要在不喜欢的人身上，浪费时间，虚度年华。

真正的喜欢，是因为彼此欣赏，志趣相投。仿佛是与另一个自己久别重逢，你喜欢着她的喜欢，她懂得着你的懂得。

触目横斜千万朵，赏心只有两三枝。

喜欢的人，也许会有很多，但是真正走进心里的人，却不多，也无需太多。

古有伯牙与子期，一位是技艺高超的琴师，一位是身披蓑衣，头戴斗笠的农夫。伯牙兴致勃勃地弹琴，子期驻足欣赏，心领神会。

一朝相识，仿若倾心已久。高山流水遇知音，终成千古佳话。

当子期染病去世，伯牙痛心疾首。他席地而坐，用凄楚的琴声演绎了一曲《高山流水》。弹完，伯牙挑断了琴弦，并长叹一声，把自己心爱的瑶琴摔在了青石上，他悲伤地说："我唯一的知音已经不在人世了，那么我弹琴还能给谁听呢？"

知音难觅，人生得一知己，足矣。

苏东坡是一位性情豪放的人，在诗词中畅论自己的政见，得罪了当朝权贵，几度遭贬。

在苏东坡的妻妾中，王朝云最善解苏东坡心意。一次，苏东坡退朝回家，指着自己的腹部问侍妾："你们有谁知道我这里面有些什么？"一答："文章。"一说："见识。"

苏东坡摇摇头，王朝云笑道："您肚子里都是不合时宜。"苏东坡闻言赞道："知我者，唯有朝云也。"

苏东坡晚年被贬惠州时，山高路远，身边的侍妾一一散去，只有朝云跟随左右。跋山涉水，翻山越岭，来到惠州。不久染上瘟疫，不治身亡。临别前，对苏东坡无限牵挂。

王朝云死后，苏东坡亲自为她撰写一副楹联："不合时宜，惟有朝云能识我；独弹古调，每逢暮雨倍思卿。"

弱水三千，只取一瓢饮。每个人，风尘仆仆地活在这个世界上。如果，能够遇到懂得的人，便是最大的慈悲。

不必逢场作戏，也不必虚情假意。在情意相通的世界里，彼此欣赏，彼此喜欢，彼此珍惜。

朋友不在多，有两三个知心人就够了。遇到困难的时候，能有肩膀可以依靠。遇到开心的事情，可以有人分享。

亦舒说："人缘太好的人不适合做知己，因为她对谁都这样热情，你根本分不清她的热情是真还是有作秀的成分。"

人海茫茫，有的人擦肩而过，有的人一回眸便成了陌路。能够做知己的人，实在不多。

赏心只需两三枝，只有这两三枝，便已足够。

做人，要懂得感恩

这个世界上最珍贵的，便是一颗懂得感恩的心。感恩的心，如玉晶莹，如水温润。

常怀一颗感恩之心，感恩生命里，每一次遇见。感恩生活中，每一份关心。感恩岁月里，每一个温暖的记忆。

感恩，是人生最好的修行。做人，要拥有一颗感恩的心，做一个知恩图报的人。

人，要学会感恩，才对得起别人对你的帮助。一生中不能忘记那个在自己茫然失措时为你指明方向的人，也不能忘记那个在低谷时帮你一把的人。

历史上，韩信少年时家中贫寒，父母双亡。他用功读书、拼命习武，却仍然无以为生，迫不得已，他只好到别人家吃"白食"，为此常遭别人冷眼。

韩信咽不下这口气，就自己来到淮水边垂钓，用鱼换饭吃，经常饥一顿饱一顿。淮水边上有个为人家漂洗纱絮的老妇人，人称"漂母"，见韩信可怜，就把自己的饭菜分给他吃。天天如此，从未间断。

韩信深受感动。当韩信功成名就，被封为淮阴侯后始终没忘记漂母的一饭之恩，派人四处寻找，最后以千金相赠，以表达自己的感恩之情。

懂得感恩的人，内心是温润的，丰盈的。在生命的底色里，增一笔浓浓的感恩情愫，让生活少一份苍白的麻木，多一束金色的光芒。

学会感恩这个世界吧，感恩阳光雨露的滋养，感恩清风朗月的照拂，感恩天地万物生生不息的造化。

感恩这个世界给我们带来的一切，尽管这个世界依然不完美，尽管我们经历过很多波折，尽管以后也会遇到冷雨风霜，尽管如此，也请你能够坚强地感恩地活下去。

感恩我们所处的这个社会，它让我们变得更加独立和坚强。尽管社会很残酷，人心很复杂，但我们一直在磨炼中慢慢成长，成为越来越好的自己。不再那么脆弱，不再那么任性，不再那么冲动，我们开始变得柔韧而豁达。

感恩时光和岁月。时光易老，故人已散。岁月流转，几经沧桑。时光苍老了容颜，岁月却让我们变得更加成熟，学会包容和释怀。

感恩我们遇见的所有人。爱我们的人，让我们自信而温暖。我们所爱的人，教会我们付出与包容。那些伤害我们的人，也不要去埋怨，他们让我们学会了坚强与隐忍。

感恩生命中的知己和朋友。一曲高山流水，伯牙与子期终成知音。有了知己，无处安放的心事有人聆听。有了朋友，生活有了乐趣和热闹。

投桃报李，人复予之琼琚。这个世界上，我们最需要感恩的，莫过于父母的养育之恩。

刘东升在《一切都是最好的安排》里说："在我奔波而劳碌的一生中，上帝给我最大的馈赠，便是教我感恩：感恩父母，感恩生活，感恩生命中出现的所有过客。"

感恩父母，你养我长大，我陪你变老。小时候，你是我的依赖；长大后，我是你的靠山。无论你变得多老，我都会握紧你的手，陪你慢慢走。

"羊有跪乳之情，鸦有反哺之义"。而人也要懂得感恩，也应有尽孝之念，莫等到欲尽孝而亲不在，留下人生的一大遗憾。感恩父母，不留遗憾。现在就从身边的小事去做起，回报父母。

我们可以为父母做一顿饭，和父母出去旅一次游，给父母买一件衣服。放下手机，暂且停下繁杂的工作，陪父母散散步，一起说说悄悄话……

人非草木，孰能无情，心存感恩，懂得珍惜。生命中才会有更多的阳光，人生才会变得更加美丽。

孤独，一个人的清欢

生活中，无论怎么热闹喧哗，无论怎样呼朋唤友，无论经历多少繁华成败，总会有一些时刻，孤独如影相随。

什么是孤独呢？林语堂说："孤独两个字拆开，有孩童，有瓜果，有小犬，有蚊蝇，足以撑起一个盛夏傍晚的巷子口，人情味十足。稚儿擎瓜柳蓬下，细犬逐蝶深巷中。人间繁华多笑语，唯我空余两鬓风。孩童水果猫狗飞蝇当然热闹，可都与你无关，这就叫孤独。"

人人生而孤独。

《百年孤独》里说："生命从来不曾离开过孤独而独立存在。无论是我们出生、我们成长、我们相爱还是我们成功失败，直到最后的最后，孤独犹如影子一样存在于生命一隅。"

曾经害怕孤独，总试着让自己八面玲珑，融入同事圈，朋友圈。生怕，自己被孤立。而这样的融入，并没有给自己带来多少快乐，反而，繁华过后更加苍凉。

曾经以为拥有爱情就不会孤独。相爱的两个人，彼此温暖，彼此慰藉。后来，才发现，爱情，从来就不是孤独的解药。孤独，也是爱情的一部分。两个人，相互依恋，又相互独立。这，才是爱情最好的状态。

年岁渐长，越来越喜欢独处。

独处，不是自我封闭，不是与社会脱节，不是孤傲清高。而是，享受孤独，学会与自己相处。

人生中的很多困境，其实是自己内心的困境。当试着与自己和解，很多问题也就迎刃而解。

独处，是一种人生境界。

在我看来，最会独处的当属民国的临水照花人——张爱玲。她喜欢在万籁俱静的夜里读书，或者写作。月舞清影，花开寂寂，只有文字的声音沙沙作响。

在书籍里与作者对话，在文字里与灵魂相遇，在孤独里安顿真实的自己。

晚年的张爱玲，一个人远渡美国，离群索居。谢绝一切外界来访，甚至为了躲避外界的打扰，一次次搬家。与她日夜相伴的，只有书籍和文稿。

这样的独处，是极致的孤独。世界是我自己的，与别人无关。专注于自己的内心，享受孤独。

独处是内心的悠然，也是修行的必然。

龙应台说："修行的路总是孤独的，因为智慧必然来源于孤独。"

历史上，苏轼被贬黄州。有一天晚上，他喝醉了酒，回到住所已是三更。家里的童仆早已酣然入睡，敲了敲门，无人应声，苏轼只好一个人倚仗听江声。

大江东去浪滔滔，苏轼忽然顿悟。自我渺小如沧海一粟，人生短暂如流水。为何要把自己困于尔虞我诈的名利场呢？他发出感慨："长恨此身非我有，何时忘却营营？"人生几番沉浮，苏轼思想几度变化，渐渐由入世变为出世，追求自由旷达的人生境界。

独处，让人自省，心态变得平静豁达，更容易看清生命的真相。心无挂碍，心境澄澈，人生自然从容。

孤独，是一个人的清欢。

一个人的时候，可以抬头看天上云卷云舒，可以低头轻嗅花儿的每一寸馨香。心灵遨游天地之间，感受万物之美。花鸟虫鱼，明月清风，都是生命中温暖的诗意。

一个人，一卷书，一杯清茶。一个春风和煦的午后，阳光肆意洒在窗棂。光影斑驳，岁月在指间跳跃。茶烟袅袅，香风细细，只一个人的浮世清欢。

心素如简，人淡如茶

　　生活中，有人喜欢华丽，有人喜欢朴素，有人喜欢时尚，有人喜欢古典。而我，喜欢淡雅。

　　淡是淡然，雅是雅致。如果说浓是浓烈，像是七月的雨，寒冬腊月的风。那么，淡则是三月抽出的新芽，四月吐蕊的花。淡是一种至美的境界。淡之于浓，更接近天然，似春雨一般，润物细无声。

　　苏东坡曾有诗云：淡妆浓抹总相宜。浓到恰到好处，实属不易。若是淡雅清新，韵味犹存，则更难。

　　比如咖啡，入口便是浓烈的滋味。浓烈的苦，浓烈的醇。咖啡碱刺激大脑，容易让人兴奋。相比于咖啡，茶则追求淡而无味，此无味之味乃至味。

　　清代品茶名家赞誉西湖龙井：甘香如兰，幽而不洌，啜之淡然，看似无味，而饮后感太和之气弥漫齿额之间，此无味之味，乃至味也。

　　其实，无论是绿茶龙井，还是越陈越香的普洱茶，都追求无味的至高境界。无味是淡味，也是茶叶本身的真味，亦是茶的原味、正味，不苦不涩、不偏不斜、不厚不重、不稠不浓、不浮不沉、不张不抑，古淡闲远，清新自然。

茶味主淡，淡则味真。朴素而天下莫能与之争美，淡然无极而众美从之。美与淡，是另一重清远怡然的境界，如清水出芙蓉，天然去雕饰。如空潭印月，上下一澈，而清馨出尘，妙香远闻。

想起林语堂的《烟雨愁》：

> 淡淡烟雨淡淡愁，淡淡明月上西楼
> 淡淡流水溪中过，淡淡鱼儿水中游
> 淡淡清香香盈袖，淡淡蝴蝶落绣球
> 淡淡胭脂淡淡酒，淡淡酒解淡淡愁
> 淡淡愁过淡淡秋，淡淡回首淡淡忧
> 淡淡忧来淡淡去，淡淡人生淡淡流

诗人的愁，像是江南的烟雨，如烟似雾。喝一盏淡淡的酒，解心中淡淡的愁。淡淡的人生如水，淡淡地流。

恍若秋日里，一阵淡淡的风，吹来淡淡的忧愁。随着一片淡淡的云，萦绕心头。淡淡的梦，淡淡的情，淡淡的欲望，轻轻游走。

往事如烟，难以飘散。岁月里，总有一些沧桑扰乱宁静的心绪。

也许是难以释怀的一段感情，也许是人生某个阶段经历的低谷挫折，也许是内心自我的迷茫和困顿。

以一颗平常心去接受它吧，简单从容去面对。人生到了某个阶段，一定会删繁从简。过滤欲望，看淡得失，心静如水，朴素自然。

花开无声，花落无言。心素如简，人淡如茶，是一种走过了起落和坎坷之后的淡定和从容。平淡对待成败，冷眼看尽繁华，畅达时不张狂，挫折时不消沉。

心素如简，人淡如茶，是一种境界。宠辱不惊，看庭前花开花落；去留无意，望天上云卷云舒。人生，有高潮有低谷，起起伏伏。淡然，是一种醒悟，是一种豁达。在这纷纷扰扰的世间，保持一颗淡然的心，体会生命的真意。

行至水穷处，坐看云起时。做一个恬静淡然的女子，保持生命的豁达，体会生活的美好。

道德绑架，有多可怕？

一

"与人相守几十年，终究还是要看看最低处的那儿，能不能忍得下去。"这是最近热播的电视剧《知否知否应是绿肥红瘦》中一句经典台词。

女主明兰痛失初恋之后，遇到了心地善良的贺家公子。贺弘文是一位神医，长相帅气，家世显赫，医术也非常的高明。

用现代的话来说，这个贺弘文就是一位暖男，在明兰情绪低谷的时候陪明兰聊天，懂得身为女子的诸多不易。在明兰生病的时候，嘘寒问暖，亲自炖鱼汤送鱼汤。加上祖母有意安排这门亲事，明兰内心也默许应允。

但是，半路却杀出一个表妹曹锦绣，她曾给人做妾，被正房害得不能生育，残花败柳的她为给自己谋出路只能死缠贺弘文。她扮柔弱，装可怜，一哭二闹三上吊，无所不用其极，因有这层亲戚关系，贺家也不好对曹家太绝情，只能一次次忍让。

贺弘文的品行最低处，就是心软，一次次被逼得妥协退让。最后答应娶表妹做妾，却失去了和明兰的婚姻。

贺弘文的表妹，用的就是道德绑架。因为她是弱者，你不帮她就是让她去死。

她弱她有理。你没有按照她们的要求扶持她，就是不善良，不懂事，不道德。这就是典型的道德绑架，它的实质是以道德为砝码，要挟别人不得不做某些事情，结果一般是做了的也少有自豪感，不做的则会在一段时间内感到忐忑不安。

二

其实，道德绑架的事情在我们身边比比皆是，每天都在上演。

记得我刚参加工作的时候，每天上下班都要挤公交车。一个女孩子，穿着高跟鞋，每次高峰期挤公交车，都不是自己挤上去的，是被四面八方的人流涌上去的。

运气好的话，可能站到半道，旁边座位上的人要下车了。我终于长吁一口气，坐在座位上，可以休息一下。可是还没坐多久，下一站上来了一拨老年人，每个人刷着免费的老年卡，提着买菜的袋子，慢悠悠地往车里挤。

不一会儿，一位老太太走到我的座位旁边，看着我，那眼神似乎在说：小姑娘，你该给老奶奶让位了。

我简直要崩溃：让位吧，心有不甘，年轻人上班也很累的。不让吧，内心又过意不去。正在我纠结让与不让的时候，老太太忽然提高了嗓门说：现在的年轻人，真是没素质！说完，还瞪了我一眼。

她这话一出口,我既羞辱又尴尬。尊老,是传统美德,但不是你要挟辱骂我的工具。我希望我的善良是出自于我自己的本意,而不是被道德绑架。

三

我们普通人,遭遇道德绑架尚且如此。当明星遭遇道德绑架,就更加苦不堪言。

2017年8月8日九寨沟地震发生不久,就有人喊话吴京:吴京,你《战狼2》赚了四五十亿,九寨沟地震你就捐一个亿吧!

其实吴京在九寨沟地震发生后不久,已经默默地捐出了一百万,吴京也是低调地选择了沉默。

之后,吴京在采访里曾提到此事。吴京说:慈善,对得起自己的良心。地震发生后第一时间已经有所行动,其次票房的收益还没有到手。

那些喊话吴京捐款一个亿的人,明显就是道德绑架。自己做不到的事情,就站在道德的制高点上,打着慈善的名义,逼别人就范。

四

2018年11月份,就有一位香港女艺人蓝洁瑛,非常悲惨的在家中孤独的去世了。她在刚出道那几年还是比较火的,后来因为种种原因就被封杀了。

她身边没有一个亲人,古天乐就好心的帮忙为她料理了后事。然而却有些人对古天乐吐槽不断。

蓝洁瑛生前曾经有一段时间精神失常,生活也不能自理,时常在大街上的垃圾桶里面找东西吃,以前的明星相一点都没有了。不少网友就攻击古天乐，为什么活着的时候不去帮助，在死后去料理后事呢？

其实，古仔已经顶着很大的压力来帮她处理后事了。帮是情分，不是义务，不应该被道德绑架。

古天乐的善心人尽皆知，经常做公益，从他默默捐款无数希望小学可以知道。

但是好心容易被利用啊，不应该道德绑架啊！2018年7月份，古天乐就被粉丝求借一百万，并且说出不给的话就"死了算了"。如此威胁，极其可怕。古天乐还特别暖心表示，会先了解清楚具体情况，如果属实的话会做出处理。

董卿说过一句话：

有棱角的善良才是真善良，没有锋芒、没有棱角的人，是很难在这个粗鄙的世界走得更远。

是啊，善良也需要有些棱角。善良，不该被无耻之人用道德绑架。

五

什么时候，我们这些被道德绑架的人，成了真的真正的受害者？

就像《欢乐颂》里的樊胜美，一个人在上海打拼，精明强干。却被家里的父母和哥哥用道德的枷锁牢牢地捆住，一次次被他们榨干。

当道德约束频频凌驾于规则之上，谁都可以现在道德的制高点，对别人实施道德绑架。

弱者仗着自己柔弱可怜，就可以用道德逼人就范；

老人用尊老爱幼的传统美德指责不让座位的年轻人；

穷人用有钱就该多出力的思维谴责不捐款的明星富豪；

键盘侠可以随意对公众人物声讨笔伐。

胡适曾说：

一个肮脏的国家，如果人人讲规则而不是谈道德，最终会变成一个有人味儿的正常国家，道德自然会逐渐回归。

　　而一个干净的国家，如果人人都不讲规则却大谈道德，最终会堕落成为一个伪君子遍布的肮脏国家。

　　道德，本来就是用于约束自己的。如果想用道德约束他人，来谋取自己的利益，无疑是最大的不道德。

　　所以，有时候，我们的善良要带一些棱角。该说不的时候就勇敢地说不，拒绝道德绑架。

第五辑　所有相遇，都是久别重逢

凌霜傲雪，暗香如故

所谓美人者，以花为貌。那么，如果让我形容我心目的她，也唯有梅花了。

是的，她宛如一朵梅花，凌霜傲雪，暗香如故。她如此清瘦，虽然笑起来如邻家小姐姐那般亲切柔和，身上却有一种清雅孤绝的风骨。

7月6日的苏州线下交流会，我从郑州奔赴千里，终于见到了她。

她来的时候，已经将近中午。我和若水，云朵在酒店门口静静等候。见到她的那一瞬间，我顾不上所有的矜持，冲出人群，跑过去拥抱了她。

是的，第一次见面，我一眼就认出了她。她穿着淡蓝色的上衣，米白色的长裤，清新素雅。她比我想象中更高更瘦，更有亲和力。

我激动得像个小孩子，跳起来说："齐齐姐，我终于见到你了。"说完，我们又狠狠地拥抱了一下。

两天的时间，她要帮忙参与蒋老师新书发会的事，也陪她的妹妹和家人去甪直古镇游玩，我们当面交流很少。即使远观，她的一颦一笑，依然深深刻在我的脑海里。

想起来，我们认识也有三年的时间。最早相识，是在简书上看到她的文章，有温度，接地气。自然而然地，我关注了她。

后来，我成了她写作班的一名学员，跟着她学习写作。一路走来，她鼓励我，支持我，为我的写作指点迷津，解疑答惑。我唯有努力学习，才能不辜负这份信任和厚爱。

我一直相信，冥冥之中，有缘的人，终会相逢。这次相识，也让我更加了解她。

宝剑锋从磨砺出，梅花香自苦寒来

她是在贫穷和苦难里长大的孩子。当别人家的孩子吃穿无忧，尽情享受父母疼爱的时候，她却要一边省吃俭用，一边帮母亲分担家务，照顾年幼的妹妹。

她那般瘦小，依然倔强地帮母亲扛起这个家的责任。炎热的夏天，陪母亲一起交公粮，受了委屈也只能强忍。周末或者寒暑假，帮母亲去镇上卖东西，补贴家用。

那时候的她，是没有资本继续读书上学的。她知道，作为长女，她要承担更多的责任。

她曾嘲笑过母亲目不识丁，也曾埋怨过命运为何对她如此不公？

但后来，她都一一释怀。真正的智者，看透了命运的真相，都会与苦难握手言和。既然现实无法更改，那就改变自己，让自己坚强，让自己变得强大。

毕淑敏在《握紧你的右手》里说：

岁月送给我苦难，也随赠我清醒与冷静。我不相信命运，我只相信我的手。我不相信手掌的纹路，但我相信手掌加上手指的力量。

她就是一朵坚强的梅花，不畏严寒，不畏苦难，凌寒盛开，暗香盈袖。

疏影横斜水清浅，暗香浮动月黄昏

2016年，她来到上海，接触了互联网，也同时了解自媒体。

人，有时候真的要走出去，才能看到世界的广阔，才能突破自己，寻找更多的可能性。

她在上海，第一次发现文字有着神奇的力量。文字可以在不同的媒体平台传播，文字可以带来流量，文字也可以表达自己，链接他人。

那颗热爱文字的心，再次澎湃。说写就写，她注册简书，开通自己的公众号。半年时间，她签约简书，成为各大平台人气作者。同时，开办了自己的写作课程。她的学员，遍布世界各地。

苦难，于别人而言，也许仅仅是苦难。但对她来说，那段苦难的岁月，为她的写作提供了有深度，有灵魂的素材。读她的文章，你会感动，你会泪目。

原来，上帝真的就像精明的生意人，给你一份天才，就搭配几倍于前的苦难。

这个时候的她，已经完全突破了苦难的束缚。她踏着一路荆棘，让灵魂如花绽放。如梅那般，在皎洁的月色下，暗香浮动。

逆风如解意，容易莫摧残

坚强的人，都是无坚不摧的吗？当然不是，她还有一点文艺，有一点忧伤……

她偏爱白色和蓝色。白色代表纯净，是千帆过尽，依然自在如风的赤诚。蓝色代表忧郁和智慧。忧郁不是自怨自艾，是悲天悯人的博大情怀。智慧，是不断地超越自己，修炼自己，达观而通透。

萧瑟的北风，如果能够理解道梅花的心意，就请不要轻易地摧残她。

亲爱的齐齐姐，愿你心似兰草，骨若梅花。愿你凌霜傲雪，暗香如故。

每一个不曾起舞的日子，都是对生命的辜负

之前在知乎上有一个话题："到底是什么决定了人一生的成就？"其中一个作者的回答获得了十三万的高赞：

你内心最深处的冲动、你真正的欲望，决定了你到底能成为一个怎样的人。

其实，生命中最可怕的，不是一事无成，而是还未开始，你就放弃了自己。生命中最痛苦的，不是经历失败，而是把自己的人生活成了别人所定义的样子，你从未认识和看清自己。

事实上，这个世界上，没有人能定义你的人生！

然而，并非所有人都有这样的勇气，打破常规，勇敢做自己，活出自己喜欢的模样。

但是，她做到了。她是一个有情怀的中文系才女，她相信：不甘命运，才能改写命运。

她瘦小的身体里，蕴藏着满满的正能量。她就是与君成悦。她的笔

名出自《诗经·邶风·击鼓》里的"死生契阔，与子成说"，她希望能够跟大家在文学里成就所有的喜悦和美好。

与君初相识，犹如故人归。

昨天，是她三十二岁的生日。生日这天，她把海洋的这首钢琴曲设成了单曲循环：

门前老树长新芽，院里枯木又开花，
半生存了好多话，藏进了满头白发，
记忆中的小脚丫，肉嘟嘟的小嘴巴，
一生把爱交给他，只为那一声爸妈，
时间都去哪儿了，还没好好感受年轻就老了，
生儿养女一辈子，满脑子都是孩子哭了笑了
……

这一天，她含着泪水给母亲发信息，谢谢母亲三十二年前，忍着痛苦把她带到这个世界上。

母亲怀她的时候，孕吐太厉害，导致她出生的时候，只有四斤多，体质特别差。

肺炎，中耳炎。这些病痛的折磨，在她漫长的成长之路，不断地折磨她，让她如履薄冰。

车祸，脑震荡，失恋。一次次把她推向绝望的深渊。亲人离世，自己经历生产之痛，严重的盆腔黏连，找不到子宫，失血过多，抢救。她仿佛觉得，死亡如影随形。

这些，她都扛了过来。打不垮她的，终将使她更加强大。

还记得，在苏州角直古镇，她演讲的"毛毛虫变蝴蝶"的故事。故事里，三十岁之前的她，过着自己并不喜欢的生活。

七年的婚姻，她和先生聚少离多。在小县城里，疲于应付各种繁琐的人际关系，说着言不由衷的话，带着强颜欢笑的面具。

　　一个人换灯泡，修马桶，甚至清理露台腐臭的死老鼠……

　　半夜三更，腿部抽筋，叫天天不应叫地地不灵，疼得次日走不了路。

　　也曾在深夜，因为电车没电，挺着大肚子，一个人冒雨推车，从单位到家里推了几公里，也舍不得打个的士。

　　住在老鼠乱窜的出租屋里，倍觉孤单和凄凉。微薄的薪水，无力支付她沉甸甸的梦想。

　　多少次，她一个人在夜里偷偷哭泣。泪水，咸咸的，苦苦的，涩涩的……

　　深夜痛哭，她终于觉醒，这不是她想要的生活！她，不要这般渺小。她有才华，不愿这么沉沦。

　　她决心重新活过。她知道，自己内心深处还有一个文学梦。

　　受父亲的熏陶，她从小嗜书如命。"腹有诗书气自华"，沉浸于书的海洋，她比同龄人更富有智慧，遇事也更加沉着冷静。

　　因为热爱文学，喜欢写作，高中毕业，学文科的她毅然决然地报考了中文系，学习系统的理论知识。

　　大学期间，她开始陆陆续续在报纸和杂上发表文章。本科毕业后，去到北大继续学习，之后回到家乡工作，而所从事的工作也是跟写作有关的。

　　这一路来，小说、故事、散文、诗歌、新闻……断断续续写了数百万字。

　　写到第五十万字的时候，她成为了简书的签约作者，拥有了数万粉丝。她被粉丝亲切地称为成悦老师。她坚持日行一善，看着很多人每天对她说谢谢，她找到了被需要的感觉。

梦想从来不会辜负每一个努力的人。当她知道自己要做什么的时候，全世界都在为她让路。

再后来，她又签约了其他平台。生完二宝之后，开始筹备写作课程。2018年一年带了近两千名学员写作，她成了人气写作导师。她的副业收入第一次超过了主业。

有时，我会想，她一个人带着宝宝，要写作，还要讲课。她哪里来的时间和精力呢？

我在她的文章里找到了答案——

她说："我不会将别人的看法当成自己幸福的筹码，也就是当我想去做一件事情的时候，或者认定一个人的时候，其他的任何评论都是浮云。

"就像《能力陷阱》那本书里说的那样：我们需要明白，越是在最忙碌的时候，越需要空出一些时间来应对一些意想不到的事。"

越努力，越幸运！现在的她，有了越来越多的机会，头衔和标签。她终于找到了自己，用文字找回内心的热爱，用财富找回前所未有的尊严。她活得像一束光，光芒万丈。

在她的人生里，没有命运两个字。她不甘命运，她自己主宰自己的命运。

如今，她靠写作成功逆袭，实现财务自由。她和她的先生刘书记，曾经伤害过对方，那些不愉快的过往，在岁月的云烟里，渐渐消散。现在的他们，彼此扶持，相亲相爱，一家四口，其乐融融。

在我的印象里，她似乎永远都不知道疲惫。她像是一位披着铠甲的战士，随时准备着，为自己的梦想，全力以赴！

她拼尽全力，只为迎接梦想时的毫不费力。

只有在家里，在宝宝面前，她才会卸下这一身焕发荣光的铠甲，以一颗慈母心，回归女人的温暖和柔情。

三十二岁，人生最美的帷幕，才刚刚拉开。亲爱的成悦姐姐，祝你生日快乐。祝你努力追求梦想，好好享受生活。你，值得拥有这世间最美好的一切！

尼采说：所有不曾起舞的日子，都是对生命的辜负。

成悦姐姐，愿你有铠甲，也有软肋。愿你百炼成钢绕指柔。愿你的生命美丽而精彩！

往后余生，只生欢喜不生愁

我喜欢，这锦墨，这笙歌之间，那黑白泾渭的篇章。不问前因，不问归期，依着时光的暖，寂静欢喜。

有时，我会想大概每一个热爱文字的人，内心都是善良的，向往美好的。喜欢文字，也追逐文字里的诗意和远方。

第一次认识她，是因为我们相同的爱好：文字。在"齐帆齐第七期写作课"结束的时候，我和她一起被被评为优秀学员。

那时，她的笔名是"禅是一枝花"。第一眼，我就一下子记住了。我想象着，她也许是一位飘渺出尘的女子吧，有着浅浅的禅意，暖暖的花香。

同在一个群里，我们互动很少。时日渐长，模糊了我们的交集。我们的交流也是淡淡的，淡如水。

第二次相知，是看到她发在朋友圈里的一篇文章。此时，她的笔名已经改成了"云朵之上"。文章里，是她用手机拍摄的照片。每一张照片下面，配几行精致的文字。

每一张图片，都是那么惊艳。每一段文字，都是那么直击心灵。我一下子陶醉了。很难想象，如此绝美的图片，竟然是她用手机拍摄出来的。

我私信请教她，这么美的图片，是怎么拍出来的呢？她给我推荐了两款摄影软件，然后耐心地教我如何操作使用。隔着屏幕，我感动极了。

原来，热爱文字的她，也喜欢摄影。是的，她该是喜欢一切美好事物的吧，向美而生。

也是这次之后，我们的交集越来越多。慢慢地，对她的了解也越来越深刻。

她之前是人力资源主管，为了自己热爱的教育事情，毅然辞职。

她喜欢孩子，喜欢孩子的纯真善良，喜欢孩子可爱的模样，更喜欢孩子童真无邪的笑脸。

在她的眼里，每一个孩子都是一粒待发芽的种子。

种子有种子的生长规律，孩子也有孩子的成长规律。

每个孩子就像一粒待发芽的种子，有人发芽早，有人发芽晚。她相信，只要用心施肥、浇水、护理，总有一天，种子就会开出花来。

作为孩子的家长，需要做的，就是要相信孩子，陪伴着他一起努力，一起学习成长。当然，还要拥有一颗淡定从容的心，静待着他慢慢发芽，慢慢开花。

但现实情况却是：很多家长朋友在教育孩子这件事情上，不愿花时间和精力，没有陪伴，更谈不上培养。这让原本好好的孩子变得不听话，叛逆，出现很多问题。

而她，希望用自己的力量影响到家长。所以她开设作文培训班，在提升孩子们作文水平的同时，认真观察每一个孩子的成长，并及时反馈给家长，与家长及时沟通，共同陪伴孩子的成长。

在她的影响下，很多家长实现了与孩子的正面沟通，发现孩子身上的闪光点。和她一起，鼓励孩子，陪孩子慢慢成长。

现在，她开设的还有【一起读诗吧】，让家长陪伴孩子一起读诗，让孩子从小接受诗意的熏陶。

如果一个人从小有了诗意的灵魂，那么，他未来的生活，也会充满诗意和美好。

吧啦曾在《你的人生终将闪耀》里说过：一生专注自己喜欢的东西，那是一件很幸福的事情，内心会像永不枯竭清泉那般，清澈、明朗、深邃、动人。

她，亦是如此。做自己热爱的事情，专注于自己喜欢的东西。

她是一位优秀的妈妈，是一位充满爱心的老师。她热爱生活，爱好文学。她喜欢摄影，喜欢童诗绘本。她倡导慢生活，喜欢一切美好的事物。

她特别喜欢美国诗人惠特曼的一首诗：《有一个孩子向前走去》

> 有一个孩子每天向前走去，
> 他看见最初的东西，他就变成那东西，
> 那东西就变成了他的一部分……
> 如果，是早开的紫丁香，那么它会变成这个孩子的一部分；
> 如果是杂乱的野草，那么它也会变成这个孩子的一部分。

在她的世界里，教育就是这样，只有用爱播种，用心灌溉，才能沁出一股发自灵魂的芬芳，一种深入骨髓的甜蜜。

我曾想，是怎样的女子，如此这般美好？我迫不及待想要揭开那层神秘的面纱。我不止一次地幻想，真希望我的孩子也能遇见这样的老师，我希望自己也能成为这样美好的人。

我们曾在文字的世界里，相识相知。终于在7月6日，在苏州，在蒋老师的新书发布会上，我们从文字走进现实。我们相遇了。

她比我想象中更加温柔，更加谦和。在维也纳酒店的大厅里，她先认出了我。缓缓地走到我的面前，微微一笑，轻生细语地说："我是云朵"。

我一下被她的笑容融化了。我拿出北方女子的豪爽，没有半点矜持，爽朗地说："云朵，见到你太开心了，我是茶诗花。"说完，我紧紧地拥抱了她。

我记得，我一直都记得，她曾深夜加班为我的文章排版。此刻，她就站在我的面前，我竟不知该如何感谢？

这，又怎一个"谢"字了得？唯有，拥抱。

我一直相信，同频的人，终将相逢。亲爱的云朵，感恩遇见，只要缘分在，相遇就不晚。很高兴认识你！

往后余生，愿你只生欢喜不生愁。愿你坚持自己热爱的事情，向美而生！

历经曲折，她终于活成了自己喜欢的样子

如今的社会，离婚率居高不下。很多离了婚的女人，一边要挣钱养活自己和孩子，一边还是忍受身边人异样的目光。

有的人过得郁郁寡欢，忍受着周遭人的指指点点，深陷自责、悔恨的漩涡，无法自拔。

离了婚，人生的底色就变成了灰色吗？离了婚，人生就是失败的吗？当然不是！

我认识的人里面，就有一位姐姐，离了婚，依然活得自信潇洒。

她是湖北人，父母是普通职工。高考时，因十五分之差未考上大学。后来，在亲戚的介绍下，进入一家企事业单位上班。

她热爱自己的工作，也把自己的努力和热情投入到工作里面。年轻时，就已经做到了主任级别。

在叔叔和二姨的介绍下，她认识了自己的初恋。彼时，她年轻貌美，单纯善良。他踏实本分，还会做一桌子的好菜。

顺理成章地，她嫁给了他。

婚后,她把自己的工资全部上交,只因作为丈夫的他,喜欢当家。她不是爱钱的女人,每月只留一点奖金和零花钱。就这样,持续了十年的婚姻。

这十年婚姻,外人都觉得他们很幸福。丈夫会做饭,对她又好。而婚姻究竟好不好,只有她自己知道。

这世上,哪里有什么真正的感同身受?事情不是发生在自己身上,自己永远无法切身体会。

她的丈夫会因为买衣服垫付了两百元而与她斤斤计较,她委屈又无奈,却也看清了他的自私与薄情。

女儿在学校被老师打了耳光,他不分青红皂白责骂女儿。她没想到,女儿受了委屈,得到的不是关爱和理解,反而是他的指责和打骂。她心灰意冷。

他不能保护自己的女儿,也不能保护自己。工作上,因为临时调度,被当时的临时工司机打了。他却自己一个人跑回了家里,一声不吭。作为妻子,她跑前跑后,迫使司机登门道歉。

然而,她为家庭为他付出的一切,在他看来,都是理所当然的。甚至,他还觉得,她能嫁给他,她能有今天的发展,全都是依赖他家人的帮扶。

她彻底死心了。他给不了她和女儿安全感。在家庭里,她也得不到温暖和爱,得不到尊重和理解,再加上两人三观不合,她选择了离婚。

离婚后,前夫带人搬空了家里所有的东西。她的内心,一阵痛楚和伤心。

这就是那个离婚之前,还口口声声说:"坚决不离婚,要爱她,等她一万年"的男人吗?

转眼之间,就什么都没有了!

离婚后,她更加努力的工作,想要给女儿更好的生活。而他,三个月后，就再次结婚了。并且，让她签下放弃女儿抚养费的协议。

她看着眼前这个逐渐陌生的男人，恍惚间觉得自己似乎从来没有认清过他。有时候，男人翻脸，比女人更狠心！

她还是签了这个奇葩的协议。她虽然有些恨他，但也不能影响他和另一个人女人结婚。

她有过报复的念头，但后来，她明白了，最好的报复，就是让女儿和自己，比现在过得更好。

离婚后的第二年，她得知前夫得了胃癌，需要动手术切除病变的部分。她怕自己一时心软，念及旧情，又重复之前的生活。所以，她狠了狠心，没有去医院看他。

但是，她默默地准备了现金，甚至把自己的戒指和一些黄金首饰都拿了出来，亲自交给前夫的叔叔。

即使离了婚，她依然保持着一颗善良的心。倾尽所有，暗中资助，让他好好养病。

善良，是她最珍贵的品质。她用自己的善良，赢得了前夫一家的喜欢和尊重。即使离婚，前夫一家依然当她当作女儿来对待。也正是因为她的善良，她的女儿深受感染，成为一个乐观开朗而且同样善良的人。

离婚后，她在表姐的建议下，来到武汉跟着表姐跑门窗生意的业务。她不怕苦，不怕累，逼着自己每天见八个客户，两个月后，她终于积累了一些自己的客户。

她为人真诚，头脑灵活。慢慢地结交了一些不同领域的女性，成为关系很好的姐妹。

后来，她开了风格独特的服装品牌店。涉足红酒行业。现在，还做房地产开发。她，已经完全实现了经济独立，实现财务自由，蜕变为现代优秀的独立女性。

她优雅美丽，自信独立。身边自然也有一些追求者。也曾有人对

182

她百般呵护，让她以为遇到了爱情。她全情投入，却不曾想两年后惨遭背叛。

她对感情是认真的，专一的，她的眼里揉不得沙子。于是，从他背叛的那一刻起，她便不会再留恋他！

后来的她，越来越不敢轻易地相信感情和婚姻。反而觉得，单身也挺好的。

其实，无论婚或不婚，结婚或离婚，都只是一种形式而已。它们殊途同归，最终都通向一条叫做"自我"的道路。

经济独立，她过上了自己想要的生活。给女儿买学区房，购置别墅让母亲安享晚年。

闲暇时光，她努力提升自己，充实自己。她热爱写作，笔耕不辍。她的笔名是"金豆奕铭"，武汉作家协会会员，作品散见于各大媒体平台，四本小说和散文待出版发行。去年，她还参加了"知音故事大赛"，以一篇《我把自己逼成斜杠中年》成功入围。

如今的她，学习舞台表演，走T台。上次，苏州新书发布会上，她领衔几位年轻的美女，一起走T台。优雅自信发步伐，一上台，她就是那颗最闪亮的星。

业余时间，她还会约上朋友一起打篮球，游泳。也会偶尔下厨，为朋友们做上一顿丰盛的家宴。

她知道，人这一生，很多东西是带不走的。父亲的去世，也让她明白：金钱和名利，不过是过眼云烟，稍纵即逝。所以，她认真地过好当下的每一天，不辜负自己，不辜负好时光。

真诚和善良，是她人生的底色。自信和潇洒，是她人生的本色。

亲爱的金豆姐姐。余生山海远阔，愿你随心所向。愿你历经千帆，自在如风。

该走的弯路已经走过了，该经历的苦难也都经历过了。人生如梦，孤勇如你。望山高水长，别来无恙。

愿月可有岁回首，且以温暖度此生

　　素净的时光，仿若莲上的清露，纤尘不染。取一颗诗逸之心，在凡尘俗世里安静地绽放。不扰清浅，不惹忧伤。

　　年少时，我便喜欢唐诗宋词。一个人沉浸在诗词美妙的意境里，看杨柳依依，赏雨雪靡靡。不曾想，有朝一日，我能遇到一位恍若从诗词里走出来的婉约女子。

　　她的笔名来自于宋代诗人欧阳修的《蝶恋花》：

> 庭院深深深几许，杨柳堆烟，帘幕无重数。
> 玉勒雕鞍游冶处，楼高不见章台路。
> 雨横风狂三月暮，门掩黄昏，无计留春住。
> 泪眼问花花不语，乱红飞过秋千去。

　　"杨柳堆烟"，她喜欢这个柳字。于是用作笔名：柳兮。

　　她遗传了父亲的文艺气息，同时也受姑姑爱画古典美女的影响。从小，她便喜欢文学，喜欢古典诗词。

小时候的她，内向，敏感，思想保守。在父亲的严苛教育下，她从不穿短裤短裙，不穿吊带，也不喜欢和男生说话。

也许，正因为如此。她喜欢文字，在文字的世界里，她可以信马由缰，自由驰骋。她把自己的所思所想，所感所悟，一字一句地敲落成指间的言语。表达自己，也聆听他人。

文字，是她的知己，亦是她的良人。

在长长的岁月里，她像是一本书。安安静静，不动声色。任山高水阔，她依然微笑向暖。

她的封面质朴无华，如她的人一样：干净而简单，赤诚又善良。有时，我会想，这世间的女子，最怕的便是岁月变迁，美人迟暮。而我依然深信：即使有一天，岁月催人老，她亦会从容优雅地老去。

她是有才华的。美貌扛不住岁月的侵袭，但才华可以。才华就像是裹在沙砾中的珍珠，闪耀着温暖而不刺眼的光辉。

现在的她，在一位刑辩律师的指引下，自考了本科学历，学习摄影，进修设计，学习电商运营，接着又进修电商美工，学了代码。

业余时间，她看自己喜欢的书，也写自己的文章。每一篇文字，都是灵魂深处发出的光芒。

是的，她就是那位站在岁月深处，默然生香的女子。

她说："我这一生没有干过惊天动地的事，但作为一个出身草根的人，从一个小城市走出来，又嫁到苏北农村，再从农村来到昆山，从一个小职员，到现在定居于此，凭一己之力生存，特别不容易。当初一起出来奋斗的人，很多回老家结婚生子，过着和父辈差不多的生活。

每个人都有要走的路，我现在的状态就是我喜欢的生活方式。我觉得奋斗的意义就是，在选择命运的时候有更多的主动权，而不是被生活鱼肉，所以我会一直轻松，努力地活下去，活出自己喜欢的样子。"

我想起一句话：等风来，不如追风去。追逐的过程，就是生命的意义。

她就是这样柔韧的女子，她知道自己要什么样的生活，并一直努力着。

现在的她，一边在烟火红尘里热爱生活，一边在文字里追逐诗意和远方。她，活成了自己喜欢的样子。也活成了很多人羡慕和喜欢的样子。

她珍惜着现在所拥有的一切，并感恩一路走来帮助过自己的三位贵人。

她的第一位贵人是一位律师。

在她最迷茫最无助的时候，律师给她讲自己的故事鼓励她。

律师中专毕业后，分配到工厂做基层，经常受到那些走后门却没什么能力的富家子弟的欺负。为了跳出那个圈子，他自考大专汉语言文学专业，又自考本科法律专业，后又通过法考，拿到律师资格证，现在他是一名刑辩律师，终于守得云开见月明，现在他年收入不菲，妻子貌美如花，比他小十岁，做他助理，跟他天南地北出差，羡煞旁人。

当初欺负他的人，工厂倒闭后，在县城菜场卖菜，有一次回老家碰见了，他对律师很客气，再也没有当年横行霸道的样子，生活让他走投无路了。

她听完，在他的鼓励下，第二天就报名了南京大学自考本科。她说，以后经济比较宽裕可以继续进修。学无止境，一切皆有可能。

2015年初，从他朋友圈分享的链接，她加了作家李菁的微信，李菁经常在朋友圈推荐作者，她又加了很多作家。

从那以后她就尝试写作，以前从来都不敢想。所以她经常说，那位刑辩律师，是她人生中第一位贵人。

现在她是一名斜杠青年，会摄影设计，短视频拍摄，文案，写作，还会电商运营。

以前她特别害怕失业，现在她不怕，学习让她越来越有底气。她说，她的梦想是实现财务自由，虽然这个目标有点漫长，但她会一直努力下去。

她的第二位贵人是齐帆齐老师。

在她的鼓励下，她坚持写作。齐帆齐老师给她指明写作方向，经常分享信息给她。有时还会提点她的错误。

她治愈了柳兮多年未愈的心伤，柳兮说，此生能够遇到齐帆齐，是她最大的幸运。

认识齐帆齐一周，她翻遍了她曾经写的文字，哭得特别伤心，因为曾经的经历是那么相似。她把齐帆齐当成榜样，当成希望，她喜欢她的乐观和坚强。

因为齐帆齐的鼓励，她变得越来越自信，变得越来越好。因为她励志的故事，让她看到了希望，她终于明白：只要自己不放弃自己，上天就不会放弃你。在这个世界上，没有任何一个人会一直倒霉到底，只要好好的活着，乐观，利他，上天一定会赐给你丰厚的回报。

柳兮不止一次地说，齐帆齐是对她的生活产生巨大影响的人，这就是文字的力量！

柳兮的第三位贵人是蒋坤元老师。

早些年，有人给柳兮算过，此生青年坎坷，晚年幸福，聪明伶俐，将有贵人相助。

以前她不信，现在信了。自从碰到那位律师，她的贵人相继出现了，生活比以前顺遂很多。

她生命中的第三位贵人是蒋老师。写作以来第一笔稿费，就是他给的。

当时认识他不久，他的公众号在收稿。她就投了一篇叫《母亲》的文章，然后就收到五十元红包，当时觉得很受鼓励。

作为一个写作者，第一次上稿哪怕是上公众号，都是特别的开心。后来知道了他许许多多的故事，也明白了，在这个世界上没有随随便便的成功，每个人成功都是有原因的，从他身上她学会了宽容，隐忍，学会了争气，也学会了坚持。

这个世界，有人打击你，有人看不起你，有人喜欢你……这都不要紧，重要的是，你要争气，要过好自己的生活。

有时候。她觉得他们是上天派来拯救自己的，因为认识这些有能量的人，她变得越来越好。

柳兮，你是一位温暖安静的女子。光阴早就把最美好的东西赠予了你。是淡定，是从容，是优雅，也是一颗最自然的心。

愿时光不老，许故人不散。愿有岁月可回首，且以温暖度此生。

上善如水，厚德载物

一

一个人，最善良的品行，就如同水一样。

老子说："上善若水，水善利万物而不争，处众人之所恶，故几于道"。做人应如水，水滋润万物，但从不与万物争高下，这样的品格才最接近道。

水，是柔软的，然而它却能穿透最为坚硬的东西，没有什么能超过它。例如滴水穿石，这就是"柔德"所在。

以柔克刚，柔软的看似无形的东西，却可以进入到没有缝隙的坚硬的东西中去。这便是老子倡导的"无为"，也是最高境界的"道"。

上善若水，厚德载物。如水一般，以宽广深厚的胸怀，好的品行来承载万物，包容万物，滋养万物，造福万物。

自古以来，上善若水，厚德载物，都是历代圣贤为人处世的最高行为准则。我曾一直以为，如此高尚美好的品性，只存在于书本的描述里，直到有一天我认识了他。

二

他的出身，伴随着苦难。从小，家里弟兄多，条件艰苦。寒冷的冬天，他甚至没有棉鞋穿，双脚冻烂，几乎可以看得见里面露出来的骨头……

他从不抱怨什么，既然来这人世间走一趟，就坦然接受命运的一切安排，哪怕是最折磨人的苦难。

他知道，唯有与苦难和解，才能超越苦难。

十八岁那年，他意外受伤，不能参加高考。他选择去安徽蚌埠，当了五年的特种水兵。在部队的第二年，出于对文字的热爱与敏感，他开始写作，当时主要写新闻稿和通讯稿。

写作，为他的人生际遇打开了另一扇窗。因为擅于写作，他被连队任命为文书。第四年因写稿成绩突出，荣立团三等功一次。在部队的第五年，他退伍回乡，转正到当地一家机关做文书。

一切似乎都稳定下来了，也许他会机关里做着自己喜欢的工作，写自己热爱的文字。然而，命运却再一次给他开了一个玩笑。

那一年，机关精兵简政。他是最弱小的那一个，没有资历，没有背景。他像刀俎上的鱼肉，毫无还手之力。他被无情地踢了出来。那天，他堂堂一个七尺男儿，在雨中崩溃大哭。

未来在哪里？他迷茫又彷徨……

后来，他在朋友的介绍下去了蛇厂工作。他为人热心，办事实诚，却被蛇厂老板设计陷害，拍着桌子让他滚出去！

那一刻，他气得差点憋过去。但他知道，他要忍，君子能忍，必成大器。他默默地心里发誓,自己一定要强大起来!

三

古人说,三十而立,四十不惑。而他却说,他的四十正青春。

四十岁那年,他毅然决定创业。四十岁开始创业,需要的不仅仅是勇气,还要面对家人的反对,朋友的质疑,还必须准备承受一切苦痛煎熬的决心,能够承担一切后果。

现在十多年过去了,他投资的工厂产值翻了几番,资产过亿。他说,人真要奋斗这么一下子,一生就没有白活。

功成名就的他,经常做慈善,为山区孩子送羽绒服,给贫困老人发红包。他的善行,如水一般,滋养着那些需要帮助的人。

他信佛,常说人要慈悲为怀,多行善事。在他的影响下,他的妻子和儿子也都信佛,每月的初一和十五,吃斋念佛,还常常去寺庙烧香拜佛。

他帮助别人,不求回报,还保持着谦虚谨慎的态度。上善若水,厚德载物,他用自己美好的品行承载万物,造福他人。

四

在开办工厂之余,他还坚持写作,笔耕不辍。

他说,他特别喜欢写作,看着脑海中的故事在笔下成形,就有无比的满足感。为了争取写更多的作品,他甚至经常中午只吃面包,几乎到了废寝忘食的地步。

正是这样的执着和坚持,迄今为止,他已经出版有《蛇岛》《沉到河底就能采到珍珠》等诗歌、散文、小说三十多部。

他的作品以朴素、简洁的风格真实地描绘了生活中的苦辣酸甜,并把它们化作向前的力量。

他的最新作品《四十才是青春》由古吴轩出版社出版,记录了他四十岁开始的创业史,包括"我的创业""我和儿子"两部分,落笔行文有血有肉,接地气,有情感,将他的心路历程娓娓道来。

他是苏州市正翔压延厂厂长,苏州好逻辑物流设备有限公司董事长,他亦是中国散文学会会员,苏州市作家协会会员。

他就是"上善若水,厚德载物"的蒋坤元老师,他的名字是真的,厂名是真的,他用自己真实与真诚,执着与慈悲,勇敢和坚强,给世界一点温暖和光明。

后记:7月5日至7月7日,我从郑州奔赴千里,参加蒋坤元老师《沉到河底就能采到珍珠》《四十才是青春》的新书发布会。

之前听齐齐老师说起过蒋老师,为人谦和低调,善良慈悲,也看过很多写蒋老师的文章,但百闻不如一见。

这次见面会,有来自天南海北的文友和老师。蒋老师奔波忙碌,盛情款待。我们大家一起品尝美食,畅游古镇,欣赏美景,交流文学。感恩相遇,遇见所有幸运和美好。

发布会上,蒋老师讲自己创业的故事,聊自己和文字的缘分。听着听着,就被莫名地震撼。内心里,一股敬意油然而生。

张爱玲：不爱是一生的遗憾，爱是一生的磨难

这世间，总有一些女子，在感情的世界里磕磕碰碰，百转千回。纵使飞蛾扑火，也在所不辞。

爱，让内心丰盈的人更加丰盈，让无力承受的人迅速枯萎。

"不爱是一生的遗憾，爱是一生的磨难。"这句话，是张爱玲一生的写照。

一、活着，要有尊严

张爱玲出生在没落的贵族家庭，家世显赫。爷爷是清末名臣张佩纶，奶奶是李鸿章的女儿李菊耦。

张爱玲的母亲黄逸梵，是旧时代的新女性，接受新思想的她，无法忍受丈夫吸食鸦片、娶姨太太。多次争吵之后，两人离了婚。那时，张爱玲才四岁，她和弟弟张子静跟随父亲生活。

父亲的严苛，母爱的缺失，张爱玲的童年一直是阴郁的，不快乐的。

17岁那年，发生了一件事，让张爱玲懂得尊严比活着更重要。

离婚多年的母亲从欧洲留学回到上海，张爱玲非常高兴，跑到母亲那里玩了几天。

回家后，继母孙用蕃就问："这几天你去哪了？"

张爱玲回答说："去我母亲那里了。"

继母继续责问："怎么不跟我说一声？"

张爱玲说："我跟父亲说过了。"

继母一个巴掌狠狠地扇过来："你眼里还有我吗？"

张爱玲用手一挡，想要还手，继母立刻尖叫起来，告状说张爱玲打她。父亲不问青红皂白，一把揪住张爱玲的头发，拳打脚踢，连声吼道："今天非打死你不可！"

后来，张爱玲在文章里写到："我的头偏到这一边，又偏到那一边，无数次，耳朵也震聋了。我坐在地下，躺在地下了，他还揪住我的头发一阵踢……"

之后，父亲把张爱玲关起来，想让她低头认错，屈服于他，可是倔强的张爱玲死也不肯低下头，还托人向母亲捎信："我想跟着你。"

母亲回话说："你可要想清楚，跟着父亲，钱自然是有的，但是跟了我，一个钱都没有。"

面对人生的第一个重大选择，张爱玲没有犹豫，坚决地选择跟母亲，她还说："如果一个人连尊严都没有，那活着还有什么意义？"

一个人连尊严都没有，谈何活着的意义。童年的不幸，让张爱玲过早地体会到：活着，便要有尊严。

而她，最终也用自己的惊世才华，让自己活得有尊严，有力量。

1943年，张爱玲在《紫罗兰》上发表小说《沉香屑·第一炉香》，在上海文坛一炮打响，崭露头角。此后，张爱玲一发不可收拾，陆续了发表《沉香屑·第二炉香》《茉莉香片》《到底是上海人》《心经》《倾城之恋》等一系列小说、散文。

她曾感慨说:"出名要趁早!"很多人由此觉得她很功利,认为她写作就是为了名和利。

可是谁又能理解,早早就经历世间冷暖的张爱玲,深刻懂得:只有经济独立,才能人格独立;经济不独立,你只能活在屋檐下看别人的脸色。

二、因为懂得,所以慈悲

很多人看不懂张爱玲,但仔细想想,对她来说,人生就像一叶浮萍,历尽风雨和苍凉。亲情又是如此凉薄和脆弱。她唯一可以抓住的,就是乱世中的一个知心人。

因为懂得,所以慈悲。张爱玲遇到胡兰成,她以为他是懂她的。她告诉他:"见了他,她变得很低很低,低到尘埃里,但她心里是欢喜的,从尘埃里开出花来。"

张爱玲不顾一切,毅然与他结为琴瑟之好。没有婚礼,只有一纸婚约:"胡兰成张爱玲签订终生,结为夫妇,愿使岁月静好,现世安稳。"

婚后的胡兰成,却多次背叛。如果他真的爱她,懂她,又怎忍心一次次伤害她?

后来,她明白了,他无意给她岁月静好,他终究不是她的良人。痛定思痛,张爱玲给胡兰成寄去了分手信:"我已经不喜欢你了,你是早已不喜欢我了的,这次的决心,我是经过一年半的长时间考虑的,彼时唯以小吉故,不欲增加你的困难,你不要来寻我,即或写信了,我亦是不看的了。"

自此一别,再无相见。爱的时候,一往情深,不顾世俗的批判。不爱了,就不要彼此伤害,决绝离开。

孤傲如张爱玲,她是做不到死缠烂打的。正如苏岑所言:"但凡死缠烂打的人,大都不是真的深爱你,那只是在跟自己赛跑。真正爱你的人,做不到死缠烂打。因为自尊不允许。爱就是把最好的一切给予对方,包括尊严。"

多少浅浅淡淡的转身，是旁人看不懂的情深。

张爱玲说："忘记一个人只需要两样东西，时间与新欢。"胡兰成选择了新欢，她选择了时间。

三、爱就是不问值得不值得

36岁的张爱玲辗转到美国，遇到了大自己29岁的赖雅。

两人自麦克道威尔文艺营相识后，便相见日欢，谈文学，谈文化，谈人生，谈阅历，越谈越投缘。到了五月初，简直到了难分难舍的程度……

张爱玲平生第一次觉得："从来没有一个人这么了解我。"是的，要想获得张爱玲的爱，必须先懂她。

赖雅懂她，痴爱她。她和赖雅在一起，生活一度很拮据，但两个人却彼此懂得，彼此疼惜。

张爱玲的朋友炎樱，曾在文章里谈到赖雅对待张爱玲："我从未见到一个人如此痴爱另一人。"

然而幸福的时光总是短暂的，不过十年光景，75岁的赖雅在多次中风之后去世。之后的三十多年，张爱玲再未他嫁，一直以赖雅夫人自居。

生前，张爱玲曾说，此生最大的遗憾是两人无法一起白头，所谓："君生我未生，我生君已老。君恨我生迟，我恨君生早。"

于是，赖雅打趣说，没事，我们这辈子可以都活同样的岁数啊。只是一句玩笑话，却被张爱玲当了真。1995年9月，张爱玲被房东发现在公寓中去世，那一年她恰好也是75岁。

张爱玲和赖雅这份贫寒、病痛中始终坚守的忘年之恋，已经超越了世俗。或许，对于张爱玲来说，任何世俗的评判都将是肤浅的。世间真正的感情，从来都在世俗之外！

张爱玲曾在《半生缘》里说："你问我爱你值不值得，其实你应该知道，爱就是不问值得不值得。"这，也是她的爱情观。

张爱玲，褪去一身繁华。她最向往的只是一份能相伴左右，相知相守，相互懂得的爱情。这样的爱情，无关年龄，无关相貌，无关钱财。

四、不爱是一生的遗憾，爱是一生的磨难

张爱玲的这一生，没有亲情的眷顾，只有爱情的盛开与凋谢。她与胡兰成的爱情，爱得深情决绝。她与赖雅的爱情，爱得洒脱纯粹。她不顾世俗的眼光，只为了自己的心而活。

我想起一句话："所有的女人，终有栖息之地，不是他人，唯有自己。"

张爱玲的爱情，有时在我们看来，太过任性。但是她说："我不太依照别人的标准生活"。我想，这是因为她知道自己要的是什么。

她知道，人生是自己的，与别人无关。生命到了最后，一定是删繁就简，忠于自己的内心。

世间曾有张爱玲，世间唯有张爱玲。她爱得深情，纯粹，又决绝。她活得清冷，骄傲，孤寂，但很清醒。

有人说张爱玲的一生孤独而悲惨，但用自己的方式去生活，敢爱敢恨，何尝不是另一种圆满？

你，是否也在等待一个懂你爱你的人呢？知你冷暖，懂你悲欢。两情相依，不离不弃。

如果遇到了，就好好珍惜吧。如果没有遇到，也不要丧气。好好爱自己，终有一人，会走遍千里山万里路，隔着红尘烟火，与你不期而遇。

遇见你，走进你的心里。那也没有别的话可以说，只一句：哦，原来，你也在这里。

情不知所起，一往而深。爱到深处，是懂得。情到浓时，是眷恋。懂你，且深深爱着。恋你，且深深懂得。

沈从文：一生痴恋，爱上一个不懂你的人是怎样的遗憾？

懂，是这个世界上最温情的语言。

懂，是岁月里的一抹感动，是生命里的一丝温情，是灵魂深处的共鸣。

懂，比爱更重要。爱一个人，不一定懂。可是懂你的人，无需多说，只一个微笑，一个眼神，一声问候，便是含情脉脉，爱意满满。

因为相知，所以懂得。因为懂得，所以慈悲。

然而，这世间哪里有那么多的花好月圆，哪里有那么多惺惺相惜的懂得？

千封情书，一生遗憾。沈从文用他的一生痴恋告诉我们：爱上一个不懂你的人是怎样的遗憾？

一、情不知所起，一往而深

提起沈从文，我们总会想起这句动人的情话：

我行过许多地方的桥，看过许多次的云，喝过许多种类的酒，却只爱过一个正当最好年龄的人。

沈从文爱上的那个人，便是名门闺秀张兆和。才子佳人的爱情故事，总是令人羡慕。

彼时，20岁的沈从文，还是北漂的文学青年。虽然，他也陆续发表了一些作品，但是生活依然拮据。

后来，《晨报副刊》新任主编徐志摩赏识他的才华，大量刊发他的文章，才使他有了较为稳定的一点稿费收入，解了燃眉之急。

在徐志摩的推荐下，沈从文结识了朱湘、刘梦苇、饶孟侃等抒情诗人，又被胡适聘请为上海中国公学的教师。

作为老师，沈从文却不可救药地爱上了自己的学生张兆和。有的人，一旦爱了，便会卑微到尘埃里。爱，从尘埃里开出花来。

沈从文开始一封接着一封地给张兆和写情书：

三三，莫生我的气，许我在梦里，用嘴吻你的脚。我的自卑，是觉得如一个奴隶蹲下用嘴接近你的脚，也近于十分亵渎了你的美丽。

沈从文的爱，近乎卑微。他疯狂地表达着自己的思慕与爱恋。而张兆和，一封信也没回。

苦闷的沈从文找胡适来做媒，一向喜欢做媒人的胡适看沈从文如此痴情，便欣然答应了。他找到张兆和说："我知道沈从文很顽固地爱你。"

张兆和脱口而出："我非常顽固地不爱他！"

胡适见张兆和如此坚决，便开始劝说沈从文："这个女子不能了解你，更不能了解你的爱，你错用情了。"

然而，沈从文并未就此放弃。他走到哪里，情书就写到哪里。在沈从文锲而不舍的追求下，张兆和终于动了心，她说："自己到如此地步，还处处为人着想，我虽不觉得他可爱，但这一片心肠总是可怜可敬的了。"

张兆和用一个"允"字，来回应写了四年情书的沈从文。1933年9月9日，沈从文与张兆和在北平的中央公园举行了婚礼。

情不知所起，一往而深。才子佳人，终成眷属。

二、你若懂我，该有多好

沈从文身上有文人的浪漫气质，他一直觉得他们的爱情是纯粹的，不染世俗烟火的。结婚时，他甚至没有要张家的嫁妆。

当轰轰烈烈的爱情，变成生活中的柴米油盐。沈从文和张兆和都不知该如何面对。

沈从文不理解张兆和的理智与现实，他觉得她不够爱他。张兆和不理解沈从文喜欢收藏古董的爱好，她觉得他是打肿脸充胖子。

他们婚姻中的首次危机出现在北平沦陷后。沈从文一路南逃，而张兆和带着孩子留在北平，不肯南下。两个人依然保持通信，但写的不再是情意绵绵，而是无休止的争执。

战火纷飞中，有什么比一家人团聚更让人觉得温暖？沈从文在信中质问张兆和："你到底是爱我给你写的信，还是爱我这个人？"

婚姻的裂痕，随着时间的腐蚀，越来越大。

对婚姻失望的沈从文，曾移情别恋。1946年，沈从文为了纪念与张兆和结婚十三周年纪念日，特意写了《主妇》一书，更多的是对张兆和的忏悔，在书中他也表明："和自己的弱点而战，我战争了十年。"

沈从文爱张兆和吗？我相信他是爱她的。短短的一生，他为她写了一千多封情书。他对她说："我们相爱一生，还是太短。"但是他却不曾理解，张兆和要的只是充满烟火气的温馨的家庭生活。

张兆和爱沈从文吗？我相信她亦是爱他的，不然怎会在最美好的年龄嫁给他？只是她也不曾真正懂得作为文人的沈从文，天生爱浪漫，他内心真正想要的是相知相伴、相互懂得的灵魂伴侣。

沈从文和张兆和之间是真爱吗？我想是的。只是他们彼此没有了解对方，没有读懂对方。终其一生，他们深爱着彼此，却一直坚持做自己，活在自己的世界里。

张允和在《从第一封信到底一封信》里提到：

1969年，沈从文下放前夕，站在乱糟糟的房间里，他从鼓鼓囊囊的口袋中掏出一封皱头皱脑的信，又像哭又像笑对我说："这是三姐给我的第一封信。"他把信举起来，面色十分羞涩而温柔——接着就吸溜吸溜地哭起来，快70岁的老头儿哭得像个小孩子又伤心又快乐。

我明白你会来，所以我等。这一等，便是一生。

每个人都有一场爱恋，用心也用情，感动也感伤。我把最炙热的感情藏在那里。你若懂我，该有多好。

三、此情可待成追忆，只是当时已惘然

随着新时代的到来，沈从文和张兆和的矛盾更加激化。沈从文依然坚持旧观念，他的文章也开始受到批判。而张兆和却走在了时代的最前沿，还做了《人民文学》的编辑。

此时的沈从文孤独落寞，却没有一个人懂他，包括他最爱的妻子张兆和。沈从文疯了，竟也没有人去看望他，因为别人不理解他为什么会得抑郁症？

1988年5月10日，一代才子沈从文，从病痛中解脱了，他离开这个没有人懂他的世界。

沈从文走了之后，张兆和开始整理沈从文的信件和文字，编成《从文家书》。七年后张兆和整理完沈从文生前的文稿后，她写道：

从文同我相处，这一生，究竟是幸福还是不幸？得不到回答。我不理解他，不完全理解他。后来逐渐有了些理解，但是，真正懂得他的为人，懂得他一生承受的重压，是在整理编选他遗稿的现在。过去不知道的，现在知道了；过去不明白的，现在明白了……

此情可待成追忆，只是当时已惘然。你走了之后才开始慢慢懂你，才知道原来我是那么的爱你！

可是后悔真的已经晚了，再爱的爱情当一个人不在时，另一个人再后悔也是枉然。

张爱玲曾说："生在这世上，没有哪一种感情不是千疮百孔的。"纵使才子佳人，美好的爱情，有了浪漫的开始，却是遗憾的结局。

这世间的爱情，往往因为有了遗憾而显得分外凄美。如果每个人的爱情里，多一些理解和包容，多花些时间和心思去经营，也许世上便没有那么多遗憾的爱了。

村上春树在《挪威的森林》里写道：少年时我们追求激情，成熟后却迷恋平庸，在我们寻找，伤害，背离之后，还能一如既往地相信爱情，这是一种勇气。

相信爱情，需要勇气。愿这样的勇气里，多一份理解和懂得，少一些悔恨和遗憾。